Mère à l'horizon

DU MÊME AUTEUR

Quincailleries, Le Patio Éditeur, 1992.
Le Toucher de la hanche, Le Dilettante, 1997.
Entre courir et voler il n'y a qu'un pas papa, Le Dilettante, 2003.
Je parle à un homme qui ne tient pas en place, Éditions des Équateurs, 2018.
Cher cheval, Fata Morgana, 2024.

Jacques Gamblin

Mère à l'horizon

Robert Laffont

ISBN : 978-2-221-27908-3
Dépôt légal : janvier 2025
Éditions Robert Laffont – 92, avenue de France, 75013 Paris
serviceclients@lisez.com

« L'homme et la femme viennent de la femme. »

Dicton de l'ethnie Kongo

— Demain on change d'heure.

— Ah oui comment je vais m'y retrouver ?

— Je vais régler ta montre à l'heure de demain. Comme ça quand tu te réveilleras, tu seras à la bonne heure.

— Oui mais… demain il sera quelle heure ?

— Je ne sais pas. Quand tu vas te réveiller. Voilà j'ai réglé ta montre, la pendule, ton réveil… Ils seront à l'heure de demain.

— Oui mais l'heure elle va tourner cette nuit !

— Eh oui et comme ça demain elle sera à la bonne heure de demain.

— Oui mais si tu la mets maintenant à l'heure de demain et qu'elle continue de tourner cette nuit, elle ne sera pas à l'heure demain.

— Maman…

J'arrive par le train de 16 h 37.

Je t'ai envoyé un SMS pour te prévenir mais tu ne lis plus les SMS. Seras-tu à la gare malgré tout pour m'accueillir ?

Je marche les quatre cents mètres dans cette rue qui me séparent de ton appartement.

Je t'aperçois au loin, tu m'attends sur ton balcon. Fragile silhouette qui a rapetissé au fil des ans. Tu me vois, me reconnais.

Apparaît ton sourire.

Un sourire moins ouvert, moins éclatant avec le temps, plus mécanique, plus commerçant peut-être.

— Dis donc ça a brûlé en face ?

— Oui.

— C'est ma chambre qui a brûlé, regarde ! Enfin, ce qui était ma chambre. En quelle année vous avez vendu à la banque ?

— *Je ne sais plus.*

— *Tu te souviens un jour, j'ai peint une tête de clown sur le mur de ma chambre. J'ai eu peur de me faire engueuler par le père mais il passait rarement dans ma chambre. Toi, tu l'as vu mon clown, mais tu n'as rien dit. Eh bien j'y suis allé à l'inauguration de la banque, il y avait une exposition de tableaux, des reproductions, comme ils font dans les banques tu sais, pour égayer un peu. Figure-toi qu'au premier étage, dans mon ancienne chambre qui était devenue le bureau du directeur, exactement au même emplacement que mon clown, vingt ans après, il y avait le Clown de Bernard Buffet…*

Et toi, trente ans après avoir quitté le quartier, tu habites dans cet immeuble en face de là où tu es née et où tu as travaillé toute ta vie. C'est tout aussi dingo non ?!

— *Oui.*

Dans ton appartement traversant, tu as vue sur ton passé : côté nord sur la maison de ta grand-mère maternelle, côté sud sur cette banque qui a racheté la quincaillerie.

Tu es la championne du monde de la sédentarité.

Je ne sais rien de ma mère, de son enfance, quelques photos jaunies, avec sa bouée sur la plage.

Il y a pourtant cette anecdote humiliante, cette plaie racontée de temps à autre qui comble le manque de ses souvenirs.

Un jour de vacances, pendant la guerre, la France est occupée, elle marche vers la villa de la dame qui lui donne des cours particuliers, elle a sept ou huit ans. Elle sonne, la dame lui ouvre. Ma mère a une culotte mouillée sur la tête, c'est la sienne, elle a fait pipi au lit dans la nuit. À l'époque on dit : Les enfants, ça se dresse !

— *Tu préférais les maths ou le français ?*
— *Le français.*
— *Tu préférais l'histoire ou la géographie ?*
— *La géographie.*

— Qui te faisait réciter tes leçons, ton père ou ta mère ?

— Ma mère. Mon père n'avait pas le temps de s'occuper de nous. Ou ma grand-mère quand je dormais chez elle.

— Et le sport, tu aimais faire du sport ?

— Oui.

— Quel sport tu préférais ?

Tu actives ta mémoire, ton visage n'exprime plus rien. J'ignore si tu ne sais pas répondre, si tu penses à autre chose, si tu ne penses à rien ou si tu as déjà oublié la question.

— Tu faisais du sport à l'école ?

— Oui.

— Et qu'est-ce que tu préférais, le saut en hauteur, en longueur, la course, la corde à nœuds, la corde lisse... ?

— Je ne m'rappelle plus.

— Chaque matin avant de partir à l'école, tu préparais un jus d'orange et un œuf à la coque.

— Non je n'ai jamais fait ça !

— Mais si, tu pressais des oranges et faisais bouillir des œufs.

— Je ne m'rappelle plus.

— Tu me demandais : Qu'est-ce que tu veux manger ce midi ? Je répondais : Je viens de manger, j'ai plus faim. Il faut que j'aie faim, moi, pour savoir ce que j'ai

envie de manger ce midi. — Oui mais quand tu auras faim, il sera trop tard pour faire à manger.

Dimanche matin, sur la place devant la mairie qui est à côté de la poste qui est à côté de rien. J'ai treize ans, vêtu d'un survêtement en coton-qui-se-déforme, j'attends Mimile. Deux autres garçons arrivent, plus âgés. Côte à côte, nous attendons Mimile. L'un est junior, l'autre est cadet et moi le minime.

Je me suis entraîné tout seul pendant des semaines, dans le vent, le crachin, sous la pluie. J'ai bouffé du kilomètre, grignoté les dunes et les labours autour de la ville. Aujourd'hui, pour la première fois, je vais courir ailleurs et à plusieurs avec une ligne de départ au départ et une ligne d'arrivée à l'arrivée. Rien à perdre. Pas de comparaisons à faire, aucun record à battre, adversaire à abattre ou orgueil dévastateur. J'ai des baskets neuves, à pointes pour courir dans la gadoue. Je suis bien, pas tendu, timide plutôt.

À la fin du repas ma mère me dit :

— Mais tu n'as rien mangé, tu ne vas pas aller courir sans rien manger.

Je réponds :

— J'ai pas faim.

Mais je suis bien, un peu noué mais bien. J'attends Mimile. Les minimes courent à 14 heures.

Mimile recrute ses athlètes parmi les bidasses de l'infanterie de marine, il y en a toujours quelques-uns qui savent allonger la foulée pour les besoins du club et qui préfèrent courir le dimanche avec un dossard de l'Union sportive granvillaise sur le ventre plutôt que courir dans la semaine pour l'armée avec un sac de vingt-cinq kilos sur les épaules. Eux, ce sont les seniors, ils ont plus de vingt ans, ils voyagent en autocar ou avec des voitures personnelles. Je suis tout seul dans ma catégorie, je représente l'avenir du club. Nous partons avec la voiture du président.

Trente minutes s'écoulent, c'est beaucoup. Arrive alors un véhicule bizarre, une espèce de sous-marin, jaune moutarde, entre la Panhard et la je-ne-sais-quoi, unique à tous points de vue. Ils ont dû arrêter la série parce que je n'en ai jamais vu après. Monte devant ! me dit Mimile. Je prends ça pour un honneur. Moins de cinq minutes plus tard je me rends compte que Mimile ne s'en sert que le dimanche de sa voiture et qu'entre deux dimanches il oublie le Code de la route. On va où ? je demande, pour être bien sûr qu'on va au même endroit. À Burcy, il répond comme une évidence.

Non pas que Burcy soit écrit en gras sur la carte Michelin mais chaque année a lieu dans cet endroit improbable situé entre Vire et Caen un cross de haute volée qui réunit les meilleurs crossmen français et quelques étrangers. Et c'est loin ? je tente. Une soixantaine de kilomètres !

Après ça je ne dis plus rien et personne ne dit plus rien. Je m'accroche à ma ceinture pour survivre jusqu'à Burcy.

On roule parfois trop vite parfois trop lentement. Je fais les comptes, les minimes courent à 14 heures, il faut que j'y sois à 13 pour m'échauffer. Il y a soixante kilomètres, pas très doué en calcul mental, je conclus qu'avec une moyenne de soixante, on devrait mettre une heure. Je toussote pour regarder discrètement ma montre. 11 h 20. Mimile me dit tu es malade, je réponds non ça va.

À la place du mort on a une meilleure conscience du danger mais on est moins malade. On ne peut pas tout avoir.

Le bocage défile. La pluie commence à tomber, tranquillement, sans excès, normal quoi. Dans cette voiture qui ressemble à un sous-marin on devrait s'en sortir. Beauchamps, Champrepus et son zoo, Fleury, Villedieu-les-Poêles et ses poêles, Saint-Sever et sa forêt… On quitte la Manche pour pénétrer le Calvados. À l'entrée de Vire je toussote encore, 12 h 37. J'ai un peu surestimé la voiture. On est plus près du quarante-cinq de moyenne que du soixante mais c'est jouable. Mimile s'arrête et demande son chemin à la seule personne vivante un dimanche à Vire à l'heure du déjeuner. Le type répond : Y a une côte, vous la descendez, après y a un pont, vous passez dessous, après, sur votre gauche, dit-il en tendant la main droite, y a une pancarte marquée

Burcy, vous la prenez, après y a des virages encore des virages vous les prenez aussi, après la route se rétrécit se rétrécit se rétrécit, vous continuez quand même et vous arrivez à un gros tas de boue, c'est là le cross international de Burcy. Merci, dit Mimile en remontant un peu sèchement la vitre, son épaule gauche trempée à cause du monsieur qui parlait trop lentement. On traverse Vire et à la sortie la voiture du président toussote elle aussi mais pas pour regarder l'heure. Elle a soif et le fait remarquer. Un hoquet, deux hoquets, trois hoquets, elle cale devant une station-service. Fermé le dimanche. Mimile dit merde, nous on le pense.

Le cadet et le junior descendent de la voiture et disent : Bon on va aller s'échauffer en ville après un bidon d'essence !

Moi je reste dans le sous-marin avec Mimile pour ne pas me fatiguer. Ils ne courent qu'à 14 h 30 et 15 h 15, ils auront le temps de récupérer. Une demi-heure s'écoule, mais-qu'est-ce-qu'ils-foutent-mais-qu'est-ce-qu'ils-foutent ! répète Mimile pendant que j'essaye de me préparer psychologiquement pour mon premier cross à Burcy.

Je décide moi aussi d'aller m'échauffer après un bidon d'essence. Je dis à Mimile : À trois on arrivera mieux à quadriller la ville. La pluie choisit ce moment-là pour redoubler d'intensité et pendant trois quarts d'heure je ne sais plus si je fais du patin à glace, de la varappe ou du ski nautique avec mes baskets à pointes chaussées pour gagner du temps avant Burcy et qui s'émoussent peu à peu sur le bitume.

Je rejoins le peloton des deux autres pour un échauffement collectif toutes catégories. Nous trouvons un bidon d'essence, le rapportons comme un trophée, versons son contenu dans le réservoir en en foutant la moitié à côté. Nous poussons la voiture. Elle a l'air contente et descend la côte, passe sous le pont, tourne à gauche, vire, vire encore et stoppe net devant le gros tas de boue, juste à côté de la ligne d'arrivée que les minimes, l'un après l'autre, sont en train de franchir victorieusement. Mimile dit merde.

Je ne l'entends pas. Suis descendu de la voiture. Près de la ligne d'arrivée, je regarde défiler mes adversaires. Ils sont trempés, crottés, épuisés mais beaux, qu'est-ce qu'ils sont beaux !... Moi je suis un minime tout seul sous la flotte. Personne ne voit mes larmes. C'est la seule fois où la pluie m'a fait fondre.

Au retour je prends l'autocar avec tout le monde. Ça chante, ça bouffe des sandwiches dégueulasses mais ils ont faim les gars. Moi je suis devant, j'éternue et j'ai hâte d'arriver. Hâte que ce soit demain. Hâte que ma sueur efface la voiture jaune moutarde et ce passé trop proche. Hâte d'arracher le sol, la boue et la victoire. Hâte de ne plus rien rater jamais. De montrer ma médaille à mon père et dire à ma mère : J'ai faim !

— Maman, la soupe, tu la moulines ou tu la laisses en morceaux ?

— Toi, Jacques, tu la préfères moulinée ou avec des morceaux ?

— Moulinée.

— Ton père la préfère avec des morceaux, ta sœur aussi.

— Et toi maman, tu la préfères comment ?

— Comme vous !

— …

J'aime te regarder cuisiner, tu as tout : le presse-ail, la râpe à gruyère, le moulin à légumes parce que la purée est meilleure qu'au mixeur, la moulinette à persil, le gaufrier que tu places sur le gaz pour faire des croque-monsieur à la banane, la tige en fer qui rougeoie sur le feu, que tu poses sur le riz au lait, ça fait pchhhhh quand le sucre crame, le couteau pour détrognonner les pommes, le zesteur pour les citrons ou les oranges, le couteau à frites, le verre mesureur, les cocottes-minute… Rien d'électrique d'abord, c'est plus tard que les robots grimperont de la boutique.

J'observe tes mains, elles pèlent, tournent, malaxent, roulent, arrosent, équeutent, épluchent, mélangent, assaisonnent, tranchent, lèchent… Tes mains patientes m'apprennent, me laissent faire et me tromper, recommencer…

Il est 18 heures dans la salle de traite, les mains de mon oncle, frère de mon père, pressent les trayons des vaches pour en extraire le lait qui, bouilli le lendemain matin et mélangé au chocolat en poudre, pourra accueillir les énormes tartines du pain de douze livres qu'il prend chez le boulanger sans le payer. Bizarre. J'apprends plus tard qu'il troque le pain contre le blé moissonné.

Le lait gicle, fait résonner le métal, écume dans le seau, coule dans une passoire, puis dans un autre seau, puis dans un bidon.

Le mot *lait* contient déjà sa forme, sa couleur, sa fluidité. Je trouve le mot *lait* bien pensé pour désigner le lait.

Écoulements onctueux, blancheur crémeuse qui passe d'un contenant à l'autre jusqu'à la dernière goutte. Ne rien perdre de l'or blanc.

Un jour, une grande cuve remplace les bidons, envie d'y plonger mon corps et me laisser porter par l'épaisseur liquide, soulever par les pales qui tournent lentement dans le bac pour maintenir la densité du fluide, sa légèreté, son abstraite blancheur.

Sur la pointe des pieds, penché au-dessus de la cuve j'observe les ondes de surface, les douces vagues de l'amalgame hésitant entre solide et liquide. Le parfum de ce blanc et de tout ce qui est blanc monte dans mes narines avant que l'adulte ne referme la cuve.

Je passe une partie des vacances d'été à la ferme. Mes parents sont trop occupés pendant la saison balnéaire. C'est très complet comme vacances, mer et bocage, eau salée et terre ferme.

Je sais imiter le lapin quand il mange, la chèvre quand elle chevrote, la brebis quand elle bêle, le chien quand il aboie, le chat quand il lape, la vache quand elle beugle, la poule après une belle rencontre, le veau quand il dérape dans sa merde. Je pense que le veau qu'on dit élevé sous la mère est un veau aquatique. Plus tard je me rends compte que j'ai raison, qu'il y a aussi des veaux marins élevés sous la mer et qui y restent.

Un petit est en train de naître. Mon oncle et le voisin attachent ses pattes à une longe pour l'aider à sortir. Ils tirent, c'est l'heure, il y a urgence, tirent de toutes leurs forces et chboum ! tombent sur le cul quand le veau sort d'un seul coup dans un splash de placenta gluant qui recouvre la bête. Ils se relèvent, secouent le nouveau-né pour être sûrs de sa vie, lui dégagent la gueule tandis que déjà sa mère, après l'effort surhumain du vêlage, le lèche avec soin dans tous les recoins de son poil tout frais jusqu'à l'ébouriffement. Éberlué, frigorifié, il découvre le grand air.

Le veau tout neuf, encore aveugle, cherche la mamelle, trouve le pis, tire dessus, cherche son dû, trouve le lait. C'est brutal. C'est normal.

Devant sa vie, il n'imagine pas qu'elle sera si courte.

Un matin je vois une main saisir le lapin dans son clapier.

Un seul coup est porté sous ses oreilles. Il ne sent pas sa dernière seconde arriver, je ne le saurai jamais. Il ne se sent pas dépiauter de la tête aux pieds. Il débarque tout parfumé dans mon assiette et se fait manger de bon appétit. Il n'a pas crié, je ne le saurai jamais.

Le même sort advient à la poule. Le couteau luisant et bien affûté introduit dans son bec pour couper net ce qui doit l'être. Ses pattes attachées à la branche, la tête en bas, le sang coule. Derniers soubresauts, chorégraphie des plumes. L'ultime goutte écarlate tombe dans la bassine et l'eau brûlante arrive bras tendus.

Une main arrache par paquets l'imperméable parure. J'observe la poule nue et morte. C'est fou comme c'est maigre une poule à poil ! Elle doit avoir froid car je la vois prendre un deuxième bain, bouillonnant cette fois. Un bouquet garni honore ses obsèques.

L'homme, en guise de tablier, coince le torchon dans la ceinture de son pantalon et fait glisser son pouce sur le fil du couteau. Il secoue la tête, insatisfait. Attrape le fusil non pas pour tuer celle qui est déjà morte mais pour donner à l'outil toute sa puissance de feu avec des allers-retours rapides et précis qui me laissent penser que même dans longtemps, même grand, je n'arriverai jamais à faire comme lui, que c'est une technique hors de portée, hors de ma vie pour toujours.

L'homme regarde la poule dans les yeux qu'elle n'a plus. Par quel bout je vais la prendre celle-là ? Alors qu'il le sait très bien, il les prend toutes de la même façon. Est-ce pour lui donner un répit ? Est-ce pour évaluer les forces en présence, ses chances de victoire, son poids, sa forme, son poids de forme, celui de la poule, le sien ? Se donner l'illusion qu'un combat à la loyale va se dérouler devant les yeux d'un public absent, car il fait tout cela à la cuisine ?

À ma droite vous avez un homme, paysan normand, fils de paysan normand, 1,83 mètre, 77 kilos, né ici, travaillant ici, marié ici, deux enfants. Gentil mais efficace. 1 327 combats, 1 327 victoires par KO avant la limite.

À ma gauche, une poule, née ici, célibataire ici, non vierge, élevée au grain et entraînée dans la cour. 2 kilos 300 grammes, 72 centimètres d'envergure, agressive mais morte. Un seul combat, zéro victoire.

Et entre les deux, un couteau, manche bois, 17 centimètres de lame affûtée à la pierre et au fusil.

Le plat arrive sur la nappe blanche. Bouquet fané, Alpes de poireaux, Pyrénées de riz, de carottes et de navets, avalanche de crème fraîche dans laquelle les pilons, les hauts de cuisses, les ailes et le croupion font du hors-piste.

Mon grand-père, père de mon père, m'apprend la terre. Il m'emmène changer la clôture, apporter de l'eau aux vaches, amignonner les chevreaux, faner puis enrander le foin, lier les bottes, atteler l'âne, le monter, le guider… Il m'apprend la fourche, la bêche, le croc, la binette et le râteau, à semer les radis, à repiquer les oignons, buter les poireaux, pincer les tomates, arracher les pommes de terre, sarcler les choux, secouer les pommiers, remplir les paniers, les porter, les vider, reconnaître ce qui est mûr et prêt à cueillir… Il colle sa montre à gousset à mon oreille, j'écoute.

Il m'enseigne le temps.

Sa main, rugueuse, crevassée, incrustée de terre, emporte la mienne.

Qu'est-ce qu'on fait demain ? Il ne sait pas, ça dépend. Du temps qu'il fait, du temps qu'il va faire, du temps que l'herbe met à pousser, que les vaches mettent à brouter, le temps de l'imprévu.

Un matin à l'aube, dans la cour, je vois la main d'un homme en noir tapoter l'épaule de mon grand-père. L'homme en noir a les yeux brillants. On dirait qu'il pleure ou qu'il fait mine. Il semble se plaindre. Il est moche. Sa bouche est baveuse, sa voix chuchotée. Ils se parlent avec des signes. Leurs regards se fuient. Un danger rôde.

Pourquoi n'entre-t-il pas dans la maison ? Est-il dangereux pour rester dans la cour ?

Pourquoi je ne peux pas m'approcher d'eux ? Je n'entends pas leur conversation, une barrière invisible m'en empêche.

Je sens mon grand-père s'humilier devant cette larve collante. Je ne reconnais pas mon grand-père. J'ai peur pour lui donc peur pour moi.

Cet envahisseur est doué d'un pouvoir surnaturel. Il va emporter mon grand-père vers une autre galaxie.

C'est le diable dans sa blouse brune descendu sur terre pour tuer mon grand-père, c'est la mort en noir et blanc.

Les minutes passent, de loin. Ils se serrent la main.

Comment mon grand-père peut-il empoigner cette chose gluante et pleurnicharde ?

Et la limace s'en va.

Quelques jours plus tard une vache sort de l'étable et monte péniblement dans un fourgon. Je me demande pourquoi le monde des hommes n'a pas inventé un système facile pour que les vaches grimpent sans glisser, sans déraper, sans s'humilier.

Je trouve ce monde peu imaginatif.

5 vaches, 4 vaches, 3, 2, 1 vache et plus de vache. La fin, le grand finale, la grande disparition.

Des hommes en costume et cravate referment la boîte sous mes yeux. La première à taille humaine, celle de mon premier grand mort.

Je la porte pour me venger du diable. Je n'ai pas négocié. Je n'ai tapé dans aucune main. J'attrape les poignées du cercueil et le soulève. Il paraît qu'il y a trois autres costumes noirs pour m'aider. Je suis fort pour quatre.

L'église est pleine. Le diable est-il présent ? Je ne vois personne.

Je comprends, bien plus tard, que tout cela est la logique imperturbable de la vie et que c'est mon grand-père lui-même qui a convoqué le diable.

Les poules et les lapins, il ne les a pas vendus. Il les a tués puis mangés et l'affaire était faite. Bien cuisinés, il y a moins de regrets. Pour peu qu'il y ait la famille et les amis autour de la table qui disent : Qu'est-ce que c'est bon ! en s'essuyant la bouche dans de grandes serviettes blanches brodées de signes cabalistiques. Pour peu qu'il y ait des femmes et des hommes de tous les âges, de toutes les corpulences, qui parlent, boivent et font du bruit… Pour peu qu'ils se régalent. Pour peu qu'ils ne laissent rien dans leurs assiettes… Pour peu que…

Aujourd'hui je sais. Il eût simplement fallu qu'on me dise : Tu vois ce monsieur avec sa blouse noire, il s'appelle Roger. Il est là pour m'acheter une vache que je veux lui vendre et si nous tombons d'accord sur un prix, nous nous séparerons contents.

Cela m'aurait suffi pour considérer ce monstre comme un homme et ainsi tous les marchands de vaches avec leur blouse noire qui sont des intermédiaires entre mon grand-père et mon assiette.

Le diable se loge dans les silences.

— C'était où votre premier baiser ?
— Dans les réserves.
— C'était ton premier baiser ?
— Oui.

Au sortir de la guerre, tu as quinze ans, tu tombes en amour pour ce jeune homme. Tu le guettes par la fenêtre de ta chambre. Il arrive pour l'ouverture du magasin, à bicyclette, il vient de la campagne.

Il voit que tu le regardes, ne le montre pas, tu ne sais pas qu'il t'a vue. Il a sept ans de plus que toi. Tu pars à l'école tandis qu'il embauche pour sa journée d'arpette à la boutique.

Parfois tu descends l'escalier, espérant que ce jeune apprenti aux cheveux bruns et aux yeux noirs ne sera pas dans les réserves.

Tu l'aperçois là-bas au fond du magasin, il est grand, il est beau, vraiment très beau. Tu ne sais pas que cela s'appelle l'amour. De coup d'œil en regard et de regard en dos tourné, une année s'écoule. Vous vous offrez alors ce baiser furtif entre les marteaux et les pinces multiprises, entre les marmites et les bassines… D'un effleurement au premier étage, entre les boulons et les clés Allen, le désir monte les marches de cet escalier sombre et sale jusqu'au quatrième, jusqu'à l'étreinte entre deux réfrigérateurs de grande taille. Mon père accuse 1,84 mètre sous la toise.

Une année s'écoule encore avant de lui dire oui, tu es mon premier, tu seras mon dernier, avant ce deuxième oui à la mairie, à dix-huit ans, trois ans avant ta majorité. Tes parents signent une dérogation, ce jeune homme a l'air sérieux.

Toute une vie de travail ensemble, deux enfants, une fille puis vingt-deux mois plus tard, un accident : le garçon. La fille sur les genoux de son père et moi sur les tiens.

Je suis en première D. Comme tout adolescent qui n'a pas une vision très claire de son avenir, mes parents m'ont placé dans une section scientifique bien que mes moyennes annuelles en maths-physique-chimie plafonnent à 6,5. Avec D tu pourras tout faire ! D est donc pour moi comme ces antibiotiques à large spectre qu'on emporte en voyage lorsqu'on ne sait pas par quel bout on va tomber malade. Un choix ouvert qui rassure tout le monde sauf moi puisque je me trouve en échec dans toutes les matières principales. Pas à ma place mais incapable de dire ce qu'est ma place. Dans ce système scolaire, seuls les cours d'éducation physique m'aident à respirer et comblent mon énergie.

Un jour de mai, une manifestation étudiante contre la loi Debré passe devant la boutique de mon père. Il aperçoit ma sœur dans la foule, traverse la rue, la prend par le bras et l'assomme avec cette sentence : C'est moi qui paye donc c'est moi qui décide ! Cette phrase entre dans mon oreille et ne sortira pas de l'autre côté.

Ma sœur est plus âgée que moi. J'observe, je plante des repères. Le spectacle de la course-poursuite entre elle et mon père autour de la table de la cuisine, un tour, deux tours, trois tours, et l'éventualité d'une torgnole sur la ligne d'arrivée me fascinent et m'effraient. Au quatrième tour, je m'éclipse.

Je ne sais toujours pas si mon père a rattrapé ma sœur, je ne veux pas le savoir. Je sais que personne ne sera gagnant dans cette course, seule peut-être la petite table en formica gris clair et ses deux rallonges.

Ma mère n'est pas là, elle n'assiste pas à cet épisode, elle n'aurait pas aimé.

La liberté de décider est donc liée à mon indépendance financière. Très bien, décision prise, mes études ne seront pas sponsorisées et surtout il n'y aura pas d'études du tout. Je ne suis pas fait pour transpirer des fesses des heures durant derrière un bureau, coincé entre quatre livres à entendre sans écouter la voix monocorde des professeurs. Je gagnerai ma vie à toute vitesse. Je ne sais pas encore de quelle façon mais à toute vitesse.

J'ai dix-sept ans, le mal-être entre les dents, des traces d'acné sur le front, la révolte habite dans ma chambre, la mort est une copine, parfois une confidente, la mer à perte de vue comme ultime recours et l'envie irrépressible de plastiquer le lycée. Je ne comprends pas cette expression : apprendre par cœur. Mon cœur à moi doit servir à autre chose qu'à apprendre. J'en ai assez d'être puni pour mon bien, mon bien serait de ne pas l'être. J'ai envie de déguerpir. Déserter. Découvrir.

Je regrette parfois d'avoir fui le conflit quand je constate la relation forte que ma sœur a finalement construite avec mon père, relation enracinée dans la confrontation de leurs différences. L'affrontement plutôt que la fuite a parfois du bon. Pourquoi mon père me fait peur ? Pourquoi j'ai l'impression qu'il est plus sanguin avec moi qu'avec ma sœur ? Plus que sa violence, c'est sa potentialité de violence qui me fait peur. Ainsi poussent les névroses qu'il faut arroser plus tard sous peine de poursuite.

Pour prendre un peu d'avance sur mon autonomie, je m'inscris à la formation BAFA (Brevet d'aptitude aux fonctions d'animateur).

La première session appelée Stage théorique comporte quelques heures d'expression corporelle.

La pratique du sport depuis des années y compris en compétition m'a prouvé que mon corps est un allié. Mais entre le sport et l'expression corporelle, il y a un monde. Il ne s'agit plus d'être performant, d'être conquérant, mais tout simplement d'être. C'est quoi être ?

Je m'exprime. Mon *je* s'exprime.

Je sens qu'il n'y a plus d'obstacles entre mon corps, ma tête et mon corps, entre ma peau, mes muscles et mon cerveau.

Le silence, les souffles, les murmures, la peur du ridicule, le plaisir, l'inconnu…

Je suis traversé.

Sans effort, sans résistance, sans réflexion, sans obligation, sans recul, sans jugement.

Les mouvements s'enchaînent, fluides, déliés, spontanés.

Je suis entier, plein, uni, unique.

Je suis moi c'est tout, l'air de rien, l'air de pas.

J'ignore ce que chacun ressent à cet instant. Je ne m'inquiète pas de l'autre.

Délesté, mon corps révèle l'espace, qui s'ouvre bien au-delà de ces quatre murs.

Ma tête ne pense plus, mes bras ne s'excusent plus, mes mains savent toucher d'autres corps, ma peau effleurer d'autres peaux, mes yeux se poser sur d'autres visages.

On se déploie, s'invente, se tord, se ratatine, se spirale, chute, vole, joue…

Être seul ou à plusieurs ne fait plus de différence, plus de nécessité de plaire, le temps et l'espace se confondent. L'eau l'air la terre et le feu me tiennent la main. Rien ne s'oppose plus à rien.

Un peu au-dessus du sol, à peine au-dessus du monde, je suis libre.

C'est ma chance.

La rencontre entre mon corps et l'infini.

J'aime. Je ne sais pas qui, je ne sais pas quoi. J'aime.

Tout cela est en moi, sauvegardé dans ma mémoire vive comme l'est le premier vol en puberté, si nouveau, intime et translucide que j'ai la naïveté de penser que ça peut durer toujours.

Une première fois, seule et orpheline.

— Pourquoi tu souris ?
— Parce que.
— Mais pourquoi ?
— Quand un client entre dans la boutique, je lui souris et il me sourit en retour.
— Mais je ne suis pas un client.
— Raison de plus !

Tu dis aussi : j'aime poser des questions aux gens. Ça m'évite de parler de moi, j'apprends des choses et les gens sont contents.

Petite fille, tu as été élevée au commerce, à la relation client.

Un sourire provoque un sourire et la vie devient plus facile.

Grâce à ton observation, ton écoute et ton intérêt, à vendre certes, mais aussi celui que tu portes à tout être humain qui entre dans le magasin, tu accèdes à l'autre. Qui est cette personne ? Que puis-je lui apporter ? Que va-t-elle m'apporter ? À quel jeu va-t-on jouer ? Que vais-je apprendre de ce couple qui vient de passer le seuil ?

Le garçon, à peine un homme, traîne la patte dans la boutique, fait mine par amour de s'intéresser, n'a pas de goût ou ne s'autorise pas à en avoir. Il délègue le choix de la décoration et le style du service de table, classique, moderne, post-moderne, Art déco… à sa future.

Quelle forme, les assiettes pour la liste de mariage ? Rondes, carrées, ovales… Quel motif ? Hortensia, calypso, épi de blé, filet d'or, jour d'été, bistrot, capucine…

Il souhaite qu'elle décide, elle souhaite qu'il décide. Faire plaisir à son homme, faire plaisir à sa femme, ne pas oublier que ces assiettes qui coûtent un certain prix, qu'on aura peur de casser et qu'on ne sortira que pour des repas exceptionnels, nous mangerons dedans.

La lotte au beurre blanc n'a pas le même goût dans une assiette Chambord ou une assiette Pavot.

Quatre yeux sont fixés sur les échantillons, passent de l'un à l'autre. Pendant ce temps livré au doute, tu jauges les personnalités et réfléchis.

Puis tu pars quelques instants, tu laisses ces jeunes personnes mariner et reviens tout sourire. Tu as trouvé la parade, peut-être, tu sors de ton chapeau un troisième choix, complètement différent, un service à l'esthétique imprévisible et qui, cette fois, plaît aux deux amoureux.

Tu inventes le système du troisième choix.
Tu deviens psychologue des arts de la table.

J'assiste à ce petit théâtre dont tu es l'actrice principale.

Les représentants de commerce se succèdent le mercredi dans ta boutique. Je les hais, non seulement car ils te confisquent à moi le jour sans école mais aussi car je les vois tenter de te manipuler. Leur voix se fait doucereuse, rondeur et séduction pour t'influencer et additionner les commandes. Ils font leur boulot, c'est normal.
Tu es belle. Séduisante mais pas séductrice et encore moins séductible.
Assis un peu en retrait dans un coin du magasin de porcelaine, je vois les ficelles et j'ai envie de faire des nœuds.

Longtemps ton sourire t'a soustrait des années.
Je décide de faire de même si la joie rajeunit, et pose beaucoup de questions, même les plus stupides.

— J'aimerais faire venir une troupe de théâtre à Granville. Le spectacle s'appelle *À crier dans les ruines*. Pensez-vous que ce serait possible dans votre salle paroissiale ? je demande tout sourire.
— Ça t'intéresse le théâtre ?
— Je ne sais pas. Je suis curieux.

— D'accord.
— Combien ça coûte ?
— Rien, juste le ménage et l'électricité.
— Merci infiniment. Vive les curés !

C'est la première fois que je dis ça.

Jacqueline Gires du *Républicain granvillais*, journal local : T'inquiète pas mon gars on te soutiendra !

La Manche libre, hebdomadaire départemental, me promet : Je suis libre je viendrai.

Pour *Ouest-France* on me prévient, monsieur Féret c'est un ours. Je débarque au fond de sa grotte rue Saint-Sauveur. Je lui souris, il ne sort pas les griffes et met mon dossier sur une pile.

Restent les affiches. Il y en a cinquante.

J'assure mes arrières : une affiche à la quincaillerie du père, une autre à celle du grand-père au bas de la rue. Logiquement le premier spectateur. Il a été adjoint au maire, il est président du Syndicat d'initiative, il est croyant à Saint-Paul et la salle est en face de chez lui.

Je commence avec les pères et continue avec les impairs, tout en zigzag jusqu'au rond-point du Calvaire. À partir de là, c'est l'inconnu.

Adam-pharmacie, je souris. Les produits pour maigrir bouffent la vitrine, je ne peux pas coller, ça commence mal. Je traverse.

Cany-lingerie-fine. Le fils se laisse pousser les tifs, il chante le blues entre les soutifs de sa mère, ça me plaît, je colle.

Delsarte-les-disques. Des artistes partout dans les rayons, ils vont être sensibles à mon affiche, je colle.

Fontaine vins-et-spiritueux, j'adore les commerçants qui portent le nom de ce qu'ils vendent : De Lempdes, les ampoules. Beaufils, la parfumerie. Yver, les glaces. Dussolier, les chaussures. Fichepoil, les après-skis. Aussant, la viande de cheval. Flambard, le white spirit…

Simone-prénatal. Le patron m'a remplacé gratuitement mon moteur LEGO explosé en 68 dans ma prise de courant, je colle.

Gahéry-les-sacs-et-valises, elle est bavarde, elle va en parler autour d'elle, je colle.

Joly-poissonnerie, pas de vitrine, je passe.

Lemoine-Bazar-bleu, le Père Noël veille, je colle.

Fontaine-les-dés-à-coudre, je suis amoureux de madame Fontaine, quarante-trois ans de plus que moi, je colle.

Banque populaire de l'Ouest, ça va égayer l'agence, je colle.

Esnol-soutiens-gorges-dentelles-et-petites-culottes, je décolle.

Lebel-les-chaussures, tu fais quelle pointure ?

— 42 madame, mais c'est pour une affiche. *À crier dans les ruines* à la salle Saint-Paul.

— Et pourquoi ils ont besoin de crier ? L'acoustique est mauvaise à Saint-Paul ?

Elle colle.

Net-impec-pressing, rien à voir dans la vitrine, c'est propre, c'est lisse, je colle.

Fournier-coiffeur, j'essaie de sourire. Les années soixante-dix, c'est pas son truc à monsieur Fournier. Il part d'un principe : les hommes ont les cheveux courts, les femmes ont les cheveux longs, il ne fait que les hommes donc il coupe. C'est simple, ça marche, et plus c'est simple et plus c'est court. Malgré ça, quelques semaines plus tôt, je reviens à la boutique et croise mon père qui trouve que c'est pas assez court. Les oreilles basses et décollées, j'y retourne dans la foulée. Il est gentil monsieur Fournier, il me fait la deuxième coupe gratuite. Au retour j'ai la rage, je n'arrive plus à regarder ma tête dans les vitrines tellement c'est court. Ma rancune enracinée sous mon crâne.

Je ne colle pas et remballe mes cris dans les ruines.

Haubourg-auto-école, j'ai raté mon permis à cause du rond-point de la gare, je ne colle pas.

Onfroye-charcuterie et Delamare-boulangerie, j'hésite. Trop tard le théâtre, ils se lèvent à l'aube dans les métiers de bouche. Je tente.

— Bonjour madame.

— Bonjour Jacques.

— Je vous la mets où madame, sur la vitrine ?

— Laissez-la-moi, je vous la mettrai.

— Merci madame mais vous me la mettrez où ?

— Ben je vous la mettrai… là tout en bas.

— Ah ben non madame, en bas personne ne la verra. Il faut que ce soit juste un peu plus bas que la hauteur des yeux, c'est statistique madame. Au revoir madame bientôt... À bientôt... Madame... Au revoir...

— Au revoir Jacques...

Juhel-quincaillier, concurrent direct, il fait tout comme chez nous, même vitrine, mêmes produits, pas les mêmes blouses, ils n'ont pas osé. Je ne colle pas, c'est déontologique.

— *Va voir ce que ça fait du dehors.*

— *Le saladier...*

— *Celui-là ?*

— *Non celui-làààà à droite !*

— *Celui-là ?*

— *Nooon, pas à ta droite, à maaa droite ! dis-je en tendant la main gauche. Oui celui-là, recule-le un peu et mets plutôt le service à thé devant. Nooooon pas devant le saladier, devant devant !...*

Tu es en train de décorer la vitrine que j'observe de l'extérieur. Je joue au passant qui passe, s'arrête ou pas selon son intérêt. Je gueule, fais des grands gestes. Tu es l'accessoiriste et je mets en scène. Tu apportes des tissus, les étales, les essaies...

— *Je préfère un camaïeu dans les rouges, c'est plus classe.*

— Celui-là ?
— Nooon, le plus foncééé !
— Celui-là ?
Un camion passe dans la rue.
— Ouiiiiiiiiii !

Tu as du goût. Exposer peu d'objets pour les mettre en valeur. Considérer chacun comme un cadeau pour l'œil, un cadeau pour soi, un cadeau à faire. Pieds nus dans la vitrine, tu installes, tu veux surprendre, créer une nouvelle perspective. Tu varies les hauteurs, donnes du sens. Tu racontes une histoire avec les assiettes, les couverts, les plats ronds, les plats creux, les plats plats. Tu mets en espace les soupières, les verres et les vases. Tes vitrines sont toujours très belles. Et chaque mois, tu réinventes l'univers.

Il faut faire beau si on vend du beau. Tu as plus que du goût, tu as de l'art dans les mains.

Parfois je t'accompagne à Paris au Salon des arts de la table.

— Qu'est-ce que tu penses de ce service ? me demandes-tu.

— J'aime pas du tout.

— Et pourtant tu vois, ça c'est la tendance en ce moment. Moi non plus je ne l'aime pas, pourtant il faudrait que je le prenne puisque c'est tendance !… Mais comment je vais vendre cette horreur ?

Tu as visité une usine qui fabrique des verres à l'ancienne, des verres soufflés. Tu m'expliques que chaque verre est unique.

— Regarde ce verre, touche-le, caresse-le. Est-ce que tu sens quelque chose avec ton doigt entre le ballon et le pied ?

— Non.

— C'est normal parce qu'il n'y a rien, aucune aspérité, ce verre est fait d'une seule pièce. Il est soufflé et taillé dans la masse. C'est pas le même prix ! La plupart, les pieds sont collés au ballon, c'est une pièce rapportée. Personne ne le voit au premier coup d'œil, et si je ne l'explique pas au client, il va juste dire : Mais c'est hors de prix. Il va même penser que je suis une voleuse. Alors j'explique, j'intéresse le client à la fabrication parce que je sais, je l'ai vu avec mes yeux.

Maintenant dans les grandes surfaces ils vendent des verres qui ressemblent à celui-là, mais qui coûtent dix ou même vingt fois moins chers. Ils imitent, et parfois très bien, les beaux verres, mais les pieds sont collés. Tout le monde s'y trompe et surtout… tout le monde s'en fout !

Tu m'as élevé au vase de Chine pas au vase fait en Chine, à la culture de la belle table. Je sais placer les couverts. Couteaux et grandes cuillères à droite, fourchettes à gauche, à l'envers pour ne pas percer la nappe. Le beurre dans un beurrier, la sauce dans un saucier. Les porte-couteaux sont de petits animaux en métal, amusants pour les mômes mais fragiles, tu vas finir par lui casser une patte !

Lorsque tu prends ta retraite, tu conserves toutes les assiettes échantillons. Elles atterrissent à la maison et nous nous amusons, ma sœur et moi, à dresser la table avec ces assiettes uniques, de valeur, toutes différentes de taille, de dessin, de forme… Nous associons ou dissocions les couleurs, prenons du recul en clignant des yeux, apprécions l'impression.

Tu m'apprends le détail qui change tout.

J'habitue mes yeux à la beauté, au désir de beauté.

Je range les couverts dans les boîtes. Les couteaux à poisson, à fromage… Les cuillères à soupe, à café, à dessert, à entremets… Les fourchettes à huître, à gâteau… Un à un, à chacun son compartiment. Je me trompe, cherche et trouve. J'étale la peau de chamois et referme soigneusement la boîte. Tout est à sa place. C'est délicat, maniaque, protégé, obsessionnel. Un jeu d'enfant.

Après le repas, épreuve ultime : je lave les beaux verres à la main, les essuie sans trembler.

Je dois être à la hauteur de ta confiance. Je sais que si je casse tu ne te mettras pas en colère. Je sais que tu m'aimeras toujours même si je casse. C'est moi-même qui ne m'aimerai plus.

Pour exorciser la crainte de casser, de tacher, d'abîmer, j'ai souvent désiré tout péter dans la boutique. Une nuit, descendre de l'appartement, un grand bâton dans les mains, et vas-y ! Trois cent soixante degrés, encore et vas-y, encore ! Un tour, deux tours, trois tours…

Tout péter, pas dans la violence de la révolte, la rage de la vengeance, juste cette énergie que j'ai en moi et qu'il faut dépenser, la folie qui surgit, se révèle, gratuite, pour la curiosité du vacarme, le boucan fabuleux, le son du bruit.

Tout péter, de l'aigu dans le verbe péter, verre, porcelaine, faïence, métal, Baccarat…

Tout péter pour faire le vide, mettre à plat. Trop de choses autour de moi. Ce mot chose qui n'est rien, qui est tout et qui m'encombre.

Alors je cours sur la plage déserte et mon esprit se calme. Je cours en dehors du temps, je cours pour me perdre, pour être seul, laisser défiler les esprits, fabriquer du vent, me laisser traverser, éprouver l'espace, rencontrer mes muscles et savoir pourquoi je dors.

Et je repars coller mes affiches. En courant. Avec le sourire.

Mais qui regarde l'affiche ? Les clients qui entrent ou les passants qui passent ? Vous avez des boutiques devant lesquelles personne ne passe mais où tout le monde entre et d'autres où personne n'entre mais devant lesquelles tout le monde passe. Vingt-cinq affiches. Remplir la salle paroissiale est mon défi. Qui va venir ? Qui va avoir l'idée, le temps, la curiosité ? Écouter des cris et admirer des ruines, qui va acheter des billets ? Les professeurs de français ? Du privé, du public ? Est-ce que catholiques et laïcs vont se mélanger dans les ruines de la poésie ? Je peux espérer quelques Granvillaises-bien-coiffées, quelques maris qui vont s'endormir à côté d'elles mais qui auront payé quand même. Ce sont des soirées difficiles pour les maris. Ils se font engueuler parce qu'ils n'ont pas envie de venir, ils ont payé pour rien parce qu'ils dorment, ils reçoivent un coup de coude parce qu'ils ronflent et à la sortie ils se font à nouveau engueuler parce qu'ils ne s'intéressent à rien. Pour les jeunes, c'est l'inconnu total. Je n'ose pas dire à mes potes de venir. Trop peur qu'ils foutent le bordel et crient dans les ruines plus fort que les acteurs.

Annick-et-ses-fleurs. Je souris. Belle plante Annick. Je l'admire à travers la vitrine, je décolle encore. J'oublie de coller.

Anacréon-garage-réparation. Je ne colle pas sur les pare-brise.

Quinze affiches. Ce sera au coup de cœur.

Delange-médicaments. J'aime beaucoup Hélène, la fille de la maison. Si elle est dans la boutique, je la colle.

Malorey-bicyclettes, mon magasin préféré. Mon premier vélo neuf, rouge comme le nez des clowns. J'avais onze ans, j'étais trop petit sur ce vélo pour grand. Je roulais en danseuse. Je colle.

Je sais que si je place une affiche chez Roquet-les-livres, libraire, elle a plus de chances d'être vue que chez

Roquet-les-mouches, droguiste. Sa vitrine est pleine de mouches mortes. Pas envie d'entrer. Un cas typique Roquet-les-mouches, tout le monde passe, personne n'entre et personne ne regarde la vitrine en passant.

Cinq affiches.

Legué-Codec. Je colle où ? Entre la promo pour les petits pois et celle pour les raisins secs ?

Les restaurants, inutile.

Les bars, ils sont pressés quand ils entrent et bourrés quand ils ressortent.

On approche du mardi soir.

Je ne sais plus où j'ai collé, chez La Hutte ou La Huppe, chez Julienne-les-graines ou Julienne-les-Moulijulienne, chez Francis-photo ou Francis-coiffure ?

Je disjoncte, cours, traverse les rues en zigzag, je colle, je colle aux Granvillaises, la grande surface du centre-ville, des vitrines, des vitrines, des vitrines de Granvillaises. Chaud comme la braise. *On n'est pas sérieux quand on a dix-huit ans.*

Une affiche, une seule.

Je me précipite chez Roquet-les-mouches. Je colle à toute berzingue et ressors, indemne.

Le soir après la fermeture, je repasse dans les rues admirer le travail de communication. Chez les coiffeurs et les pressings toutes les affiches ont glissé. Lentement. Vers le sol. À cause de la buée.

Cent vingt personnes dans la salle Saint-Paul selon l'abbé Robin, cent quarante selon les journaux, cent quatre-vingts selon moi. Et pas que des Granvillaises-bien-coiffées, des jeunes, des hommes, des vieux, des cheveux longs, des cheveux courts, des cheveux bleus… Manque de chaises. Jamais vu autant de monde autour de l'église en dehors des matinées de Pentecôte.

Pendant que les deux acteurs crient dans les ruines de la salle Saint-Paul, moi organisateur de spectacle bénévole, assis par terre derrière la foule silencieuse, je compte la recette.

La vie est grande : on colle des affiches, on tamponne des billets à souche, des mots, des phrases, les acteurs saluent, des gens applaudissent, sortent, sourient, discutent et rentrent chez eux. Je découvre la puissance de l'éphémère. Un spectacle arrive, s'en va et vous laisse des images coincées au fond de la gorge. Une sensation cardiaque qui taquine le myocarde quelques jours durant. Une émotion diffuse, du vent dans la tête.

Le théâtre m'a fait frissonner. Je me mets à tutoyer des rêves. Je vois passer un tapis volant. Avant de léviter en liberté, je pénètre dans la salle du Casino, tout au bord de la mer, me faufile à l'intérieur. En embuscade, comme un *voleur de feu*, chuchote Rimbaud. Je pousse la porte, elle grince. Plus de sièges, un plateau défoncé, un manteau, des rues, des fausses rues, des costières, des trappes, des fausses trappes, des perches, une machinerie tout en bois et des murs qui cloquent leur chagrin. Dans l'arrière-scène, un gros établi avec quelques outils orphelins, comme oubliés après un raz de marée. Je marche sur les décombres.

Je marche sur Johnny, je marche sur Brel, sur Les Compagnons de la chanson, sur Piaf, sur Trenet, Bourvil, ColetteDeréal, *La Belle de Cadix*, Roger-Pierre… Je marche sur JeanMarcThibault, Annie-Cordy, *LaVeuvejoyeuse*, sur SylvieVartan, *Çac'estdunu*, Barbara*NoNoNanette*, SachaDistel… Je marche sur GuyBéartAntoineJeanFerratJacquesDutronc SergeLamaMarcelAmontNanaMouskouri*Elleestfolle Carole*EddyMitchellPolnareffJoeDassinRaymond Devos*LePaysdufourire*SergeReggianiLéoFerré MireilleMathieu*Gorgeschaudes*MichelSardouJulien Clerc*Occupetoidemonminimum*GeorgesBrassensGilbert BécaudMouloudji, je marche sur CharlesAznavour LaComédiedelOuestElvirePopesco pour sa tournée d'adieu…

Je ressors, la porte grince, mon tapis volant m'attend dehors, je grimpe dessus et survole Granville, ma naissance, ma plage, mes premiers shorts, mes courses folles sur les rochers, dans les dunes, la digestion qu'il faut attendre pour se baigner, la mer très loin, trop loin quand j'arrive, la piscine, tout le monde pisse dedans, l'attente, mon chapeau pour ne pas mourir, le retour de la mer, comme un cheval au galop, le cheval est trop lent, le vent s'est levé, la mer a grossi, la mer révoltée, le drapeau vert est orange, le drapeau orange est rouge, interdit de se baigner, le vent se calme mais la mer s'en va, au trot, mais trop vite.

Sac de plage sur l'épaule, alourdi de frustration, tête baissée, bouder, revenir demain si le temps le permet.

Je survole la cabine très loin elle aussi, la digue très longue, trop longue pour mes jambes et les années qu'elles espèrent.

Puis un jour, une heure, une vie, la mer vient. Chaque jour elle est là. Les bains se succèdent. Est-ce parce que j'ai grandi que la mer est là ? Est-ce parce que la mer est là que j'ai grandi ?

Je survole la ligne blanche peinte sur la digue, frontière entre le côté surveillé et celui qui ne l'est pas. Mais que se passe-t-il si je me noie juste sur la ligne blanche ?

Je survole l'amitié, mes premières amours, mon premier baiser sans la langue puis avec, au pied de la falaise, derrière une cabine dans les odeurs de pisse et les crottes de chien.

Je survole les couchers de soleil sur la Grande Île, le phare, quatre-éclats-toutes-les-quinze-secondes, les éclaboussures salées et les glaces vanille.

Les lignes de fuite, du parapet, des remparts, de la bande d'écume, de la laisse de mer, du vide à perdre la vue.

De l'horizon à toute heure.

— Mais il pleut !
— Eh bien tu mets tes bottes !
— Mais il fait trop chaud !
— Eh bien tu mets tes sandales !
— Mais il y a trop de vent !
— Eh bien tu enfiles ton coupe-vent, et quoi qu'il en soit, tu sors !

Tu as fabriqué mon corps pour le mouvement.

Dehors, la vie m'attend.

En coton, en laine polaire, en laine tout court, en anorak, ciré, chaussures de marche ou baskets, en bateau, vélo tout chemin, cheval tout terrain, en maillot de bain, sans maillot du tout, en tongs ou pieds nus, parce que la mer, le sable, les sentiers, les creux, les bosses, parce que le vent d'où qu'il vienne, parce que la lumière, le jour et son contraire.

Ici, on invente la météo : le grain, la dépression, le ciel de traîne arrivent en premier. On goûte les plats d'abord avant de les servir à l'autre bout de la France. Le temps qu'il fait aujourd'hui chez moi est le temps qu'il fera demain ailleurs.

L'Occidental du Cotentin a les doigts crochus mais il est généreux, il distribue la météo à ceux qui n'en ont pas.

Ici le ciel va plus vite. Poussé par un autre. C'est la course des ciels.

Même les grands météorologues ne parviennent pas à nous suivre.

Ça bouge, ça s'envole, ça fuit, ça fout le camp, ça défoule, ça explose et ça gueule. C'est entier, sans entourloupe. Ça a traversé tout un océan pour sculpter la pierre, inventer les reliefs et les caractères.

La mer aussi vient de si loin, déchaînée, plate, verte ou verte et bleue, frissonnée, frémissante, marronnasse ou bleue et bleue.

Je l'observe, me tourne vers la campagne, j'aperçois le pommier en fleur et m'en approche. Je peux tenir six heures à observer la fleur. Du rose au blanc, elle change de couleur avec la ronde du temps.

Six heures plus tard, me retournant vers le large c'est le désert qui me parle, le sable mordoré me brouille la vue et je suis riche comme Crésus avec tout cet or dans les yeux jusqu'au retour de la grande liquide qui me payera de ma journée immobile.

Si elle traîne, je vais la chercher, la prends sur mon dos et la remonte en silence. Je ne crie pas au secours, personne ne m'entendra. Je ne crie pas à l'aide, je n'en trouverai pas.

C'est là d'où je viens.

Prendre la dune à bras-le-corps, transpirer la mer, respirer la lande, masser la vase, grignoter le sable, chérir le cumulonimbus et me rouler dedans, inspirer le vent.

Avec l'énergie que j'ai encore, que j'ai toujours, j'agrippe la falaise à mains nues.

Pas de limite, que de l'espace.

— Jean, viens voir !

Tu es mon meilleur public. Je te fais rire. J'imite les gens du quartier. Tu te marres, tu trouves ça si juste. Tu appelles mon père. Jean arrive. Tu lui dis : Regarde Jacques ! Il pointe ses yeux noirs sur moi, attentif, et je reste là comme un con, démuni, impuissant, hébété devant mon père qui attend la prestation. Mais c'est cuit. Impossible de reproduire, silence total.

Il fallait être là, c'est toi qui es là.

On approche du carnaval, la malle à déguisements est grande ouverte, y a qu'à fouiller ! Ça sert, ressert l'année d'après, re-ressert l'année suivante. Tu ne jettes rien, tu inventes. Ta machine à coudre crépite. C'est trop petit, tu élargis, trop grand, tu rétrécis. Tu coupes, couds, reprises, confectionnes des costumes, de clown, de gros bébé, de fée…

— Tu te souviens en 74 ?
— Non.
— Mais si, on avait choisi un thème : l'ensablement du mont Saint-Michel.

Dans l'après-midi je collecte quelques litres de vase dans le port à marée basse. Et nous voilà partis à la nuit tombée vers les restaurants du centre-ville :
— Tu étais déguisée en moine bénédictin et moi en brebis, recouvert d'une carpette en peau de mouton.
— Je ne m'rappelle plus.

Nos poires pleines de vase nous discutons avec les clients attablés, nos voix dans le supra-aigu pour éviter d'être reconnus, en faisant gicler quelques filets grisâtres et visqueux dans leurs assiettes. C'est pas très fin mais si tu es trop fin, tu ne fais pas le carnaval.
Mon père, lui, est couché.
Après avoir vidé nos poires, nous remontons à l'appartement pour une deuxième virée improvisée, en loubards cette fois, et nous repartons dans les mêmes restaurants intriguer les mêmes personnes.
Toi en blouson de cuir, chaîne et santiags, c'est un contre-emploi, tu me fais rire.
Tu reprends ta voix suraiguë insupportable et c'est reparti ! Tu es très douée, tu as du débit, tu inventes, trouves les anecdotes qui déstabilisent les personnes de connaissance. Tu te nourris de ta dinguerie, jamais la même. Je t'observe, je t'admire. Infiniment plus risqué

d'intriguer des amis proches mais beaucoup plus excitant. On cherche la limite de ce qui peut nous dévoiler, sans la franchir.

On perd un litre de sueur sous ce masque en plastique mais on les re-boit…

Le déguisement chez nous est un sport national.

Il faut aller vite, les idées fusent, le scénario tient en deux lignes, on rigole et hop on se jette. Parfois jusqu'à l'entorse.

Aux noces d'or des anciens, on a dansé Le Lac des cygnes *dans sa version Noureev avec des serviettes de table.*

Personne n'a été surpris.

— Tu te souviens ?

— Non.

Moi si.

J'ai dix-huit ans, le bac littéraire en poche. L'été suivant je m'inscris à un stage théâtre de trois semaines, avec présentation publique sur la place de la mairie à Draguignan. Je retrouve ces instants de liberté qui m'avaient tant remué lors de mon premier stage d'expression.

Suite à cette aventure, l'animateur, aussi directeur d'une jeune compagnie professionnelle, me demande :

— Qu'est-ce que tu fais en septembre ?

Rien de prévu, gagner ma vie, classes vertes et autres cueillettes.

— Mon régisseur quitte la compagnie, je te propose de le remplacer.

— Je n'y connais rien.

— Je vais t'apprendre.

Pourquoi pas.

Mon futur patron tombe malade après le stage. Il a des difficultés à conduire. Je prends le volant et le remonte à Paris, sans permis.

Me voilà parachuté dans le monde du théâtre professionnel à un poste de technicien. Lumière, projecteurs, leurs noms, leurs prénoms, leur intensité, le son et son système.

J'apprends mon nouveau et premier métier, sur le tas. Un métier d'homme toutes mains. De villes en pleins d'essence, de théâtres en montages, de démontages en chargements, de déchargements en salles suréquipées, en salles qui ne le sont pas, implantation des décors, coudre, taper à la machine, scier des planches, enfoncer des clous, sécuriser des tubes, trouver des solutions… J'ai les cheveux longs. Je fais mine de connaître mon métier devant des équipes qui sont en poste depuis trente ans. J'apprends à distinguer ceux qui m'attendent au tournant et les contourne. Certains aiment transmettre, d'autres non. Ainsi est le chemin.

Les acteurs évoluent sur une succession de textes poétiques. À de multiples tops, j'envoie un effet lumière, un effet son, parfois les deux en même temps. J'ai deux mains, trois mains, quatre mains... Lors de l'une des premières représentations du spectacle, suite à un très joli poème de Henri Pichette, je dois balancer une rafale de mitraillette sur laquelle les acteurs s'effondrent avec violence. Très concentré, conscience professionnelle surdimensionnée, j'envoie l'effet ; des chants d'oiseau sortent des enceintes, merde c'est l'effet suivant ! Je transpire comme un veau en regardant les acteurs glisser lentement, harmonieusement, chorégraphiquement vers le sol sur le chant des oiseaux. Je suis démoli, je termine la représentation en eau. Je me dis bon c'est fini, c'était une expérience intéressante, demain je pointe au chômage... Je frappe à la porte des loges et me pétris d'excuses.

Le directeur me donne une chance.

Quoi qu'il en soit, passer de soldats abattus, corps massifs tombant lourdement sur le sol, à des feuilles mortes virevoltant au gré du vent était un joli décalage, même si je ne me suis pas permis de l'exprimer. J'ai préféré la honte pour continuer la route.

Au bout d'une année et demie de régie, je sens pointer chez moi une mauvaise humeur quotidienne. Je mets un peu de temps à en évaluer la raison et prends conscience que j'ai envie de mettre un pied, peut-être deux, de l'autre côté de l'ombre. Le patron m'y autorise et m'offre une nouvelle carte en m'intégrant comme comédien à la prochaine création qui se jouera au festival d'Avignon.

Nous répétons puis descendons dans le Sud avec la camionnette. Une parade dans les rues de la ville, des centaines de tracts distribués avant la première du spectacle que nous jouerons dans une église en dehors des jours de messe. Ni Jésus ni son père spirituel ne nous sauvent du désastre. Représentation annulée faute de spectateurs. De retour au bercail avec quelques copains, dont une femme enceinte, venus nous encourager, le premier rond-point nous fut fatal. Je suis au volant, très concentré, avec un permis de conduire qui sort à peine de l'imprimerie, tandis qu'un idiot pressé nous coupe la route. Percussion, tôle froissée, essieux en vrac, camion foutu. Nous nous retrouvons aux urgences en observation.

Une fois observés, nous rentrons à pied, sains et saufs.

Le lendemain, la deuxième est devenue première, et ainsi de suite. Depuis ce jour, je n'aime ni les premières ni les deuxièmes, je préfère les troisièmes.

— Allô ?
— Oui allô c'est moi.
— Comment tu vas ?
— Très bien, très très bien même, je viens de franchir la troisième barrière.
— C'est-à-dire ?
— L'armée !
— Ah… et c'est quoi les deux autres ?
— L'école et la famille.
— … !
— Allô ?!…
— La famille ?…
— Oui. Je suis libre.

Le silence qui suit entre toi et moi ne tient qu'à un fil. Tu raccroches. Je raccroche. Nous raccrochons.
Tu ne m'en reparleras jamais.

Je viens de sortir d'une session, à Rennes, dans les locaux de l'armée, batterie d'examens physiques et intellectuels pour déterminer mon aptitude au service militaire. Je suis le prototype du type qui fait très bien dans le paysage : énergie, sportif, casse-cou, dur au mal… Mais mon mental est encore plus fort que mon physique, classé P3, inapte au service.

Mon père, contre toute attente, est plutôt satisfait que je n'aille pas perdre mon temps au maniement de la gâchette. Peut-être aussi me sent-il capable de me tromper de cible… par accident.

En 1989, il est l'heure pour mes parents de fermer boutique. Ni ma sœur ni moi ne succédons.

Se retirer et vendre, tirer un trait sous la longue liste des générations. Une banque, aubaine pour une telle surface au sol et dans les airs, achète les murs et n'en gardera que quatre. Tout le reste descendra comme un ascenseur, en plus rapide.

Un enterrement doit être aussi et à tout prix une fête, je propose de me charger de l'organisation et d'en être le producteur. Franchir la frontière entre le dernier jour d'ouverture et le premier de fermeture, dans la joie.

Passer à pied sec d'une vie sur l'autre.

Fabriquer un présent qui danse.

Plusieurs jours sont nécessaires pour ôter les faux plafonds, fixer des projecteurs, implanter le décor, quérir un gradin à la ville, des chaises à la paroisse. Mon père s'énerve : tout ce bordel pour une seule fois !

Des listes et des listes, ça c'est fait, ça c'est à faire, invitations aux commerçants du quartier, aux amis de toujours, à la famille, aux clients fidèles… Cent cinquante places, il y aura des déçus.

Prévoir le menu, pas de problème pour la vaisselle, il en reste. Trouver un orchestre, des amis cameramen pour immortaliser l'exceptionnel, remplir le poêle à fioul, nous sommes un 29 décembre, écrire des discours, pour mon père en prologue, pour ma mère en épilogue…

Jour J, le public entre dans cette boutique qui n'en est déjà plus une, devenue théâtre d'un soir. Des hôtesses, membres de la famille, en blouse bleue, coton ou nylon, costume traditionnel d'une quincaillerie de référence, crayon de bois sur l'oreille, accueillent et placent les spectateurs.

Les néons s'éteignent, les projecteurs crépitent. Enfoui sous un tas de bouchons de liège, je suis invisible et voudrais le rester. Penser devient danger. Dans quoi me suis-je fourré ? Je vais devoir bouger. Il faut que je bouge. C'est à moi. Mais qu'est-ce qui m'a pris ? Trop tard.

Ce long monologue, *Quincailleries*, écrit un an auparavant, se déverse par paquets de phrases, surgit d'un corps présent, d'une tête qui fait mine, d'un cœur fébrile devant ce public dont je connais toutes les têtes et reconnais les nuques, accompagné par Maurice, ex-paysan reconverti en joueur de scie musicale.

De cette scie sans dents s'envole la voix d'Édith Piaf.

De temps en temps Maurice sort de ce plateau improvisé par la porte du fond qui conduit aux réserves. Je crois voir mon père. Je lui ai demandé d'appuyer à chaque sortie sur l'interrupteur à droite. Dernier accent d'un réflexe.

Devant mes yeux, au premier rang, sont assises trois dames âgées. Entre mes deux grands-mères, l'institutrice qui m'a appris à lire, à écrire.

Je n'ose croiser leur regard.

Le son sidéral de la scie musicale se faufile dans l'épaisseur du silence.

L'hymne à l'amour.

La quincaillerie vit son dernier souffle, je cherche le mien, les trous de mémoire se succèdent. Je me suis jeté d'en haut, sans filet. La pression est trop forte, ma sueur retient ma peau.

Applaudissements, saluts.

Les musiciens, blouse bleue et crayon de bois sur l'oreille, enchaînent sur une ambiance jazz pour un apéro chabada. Les coupes passent de main en main, sans rien casser, tout l'est déjà.

La boutique-théâtre devient salle des fêtes puis cantine pour une cinquantaine de personnes qui lèvent ensuite leurs fesses pour une soirée musette.

La première valse est lancée par ma mère invitée par un vieux professeur qui lui a donné des cours quand elle avait dix-huit ans pour assurer correctement, avec légèreté et sans marcher sur les pieds de son futur époux, l'ouverture du bal de son mariage avec cet ex-apprenti qui a demandé sa main.

La valse se termine, mon père prend le relais, à l'endroit, à l'envers, et pour toujours.

Cette fête est mon cadeau de fin de tournée, de fin de travail, de fin de boutique. Elle est collective, sans faute de goût, haut les cœurs et les sourires. Elle se nourrit par anticipation du souvenir de la joie.

L'alcool coule, les heures s'écoulent, la nuit s'écourte.

On dit : c'était bien. C'était tellement bien !

On est demain.

Déjà ?

Lorsque je débute le métier d'acteur, ma voix me fait peur, je ne lui fais pas confiance. Je ne sais pas comment parler à voix haute. Je sais bouger, suer, pirouetter… Roulade, roue, rondade, saut de main, équilibre, poirier… Jouer avec ma voix me paraît impudique. Mon corps me masque, ma voix est nue. Il me faut du temps pour accepter d'être immobile. Parler droit, contenir le geste, maîtriser la respiration. Ma voix se casse, la gorge se serre. La guerre est ouverte contre les angines, les rouges, les blanches. J'arrête les antibiotiques. Je lutte sur la ligne de front. Mes défenses progressent en deuxième rideau.

Je prends des cours de souffle. J'apprends à me vider de l'air. La professeure me dit : L'air que tu gardes en toi, c'est de l'émotion que le public n'aura pas.

Cette petite quantité d'air qui demeure trimballe sa part d'angoisse. Je dois aller la chercher. Quelle est cette peur ? De moi, des autres, de donner, trop donner, de m'exposer, ma pudeur…

La voix est un personnage abstrait. Je ne comprends pas par où il passe.

Jamais le travail du corps ne m'a produit cet effet. Je vois le muscle s'étirer, se contracter, la peau s'assouplir, mes bras se balancer, ma jambe se lever, mais je ne vois pas le son se fabriquer. Il est secret. Je suis bouleversé jusqu'au sanglot de sortir des sons inconnus. Je me dévoile en découvrant ma voix, me déleste et m'oublie. Lorsque je l'écoute, j'entends celle d'un autre moi.

Puis le personnage arrive, avec lequel j'habite une vie provisoire. Un clown, un simple d'esprit, un paysan, un apprenti en boulangerie, un valet de comédie, un prince, un gardien de phare… Dans des pièces classiques ou contemporaines puis au cinéma, des fils, des pères, un athlète, un écrivain, un chef de police, un assistant de cinéma, un facteur…

Il arrive avec des mots, des dialogues, des situations, une histoire. Je l'imagine, le rêve. Il entre en résidence dans mon esprit puis dans mon corps et m'empêche de dormir. Je le respire, le marche, l'habille, l'entends. Il glisse sur le plancher ciré de mon imaginaire. Je ne rentre pas dans sa peau, il n'en a pas, mais il rentre peu à peu dans la mienne.

Le personnage comme une rencontre. Nous marchons chacun de notre côté, soudain nous nous croisons au carrefour, nous trouvons sympathiques, échangeons quelques mots dans la disponibilité du petit matin, pour voir, pour sentir, pas à pas sur une route que nous inventons ensemble. Il peut tout savoir de moi mais je ne saurai jamais tout de lui, c'est la règle. Ni en chair ni en os, il n'existe qu'en mots. Il est un ami de circonstance qui migre peu à peu dans mes comportements, mes rythmes, ma façon de penser, de parler, de me déplacer.

C'est le voyage improbable du personnage devenant une personne parce que je lui donne un peu d'attention.

Il me faut apprivoiser cet autre, prendre du temps, m'approprier ce que je ne possède pas.

Je ne sais pas ce qu'il a vécu avant la première page de l'histoire ni ce qu'il vivra après la dernière. Je débusque entre les phrases ce qui peut remplir les vides de sa ligne de vie et me permettra de jouer avec lui, de le jouer. Je ne me sens pas obligé de l'aimer mais je ne pourrai être lui et il ne pourra être en moi que s'il me touche. Ce verbe *toucher* que je conjugue à l'infini car il ne *synonyme* pas, contient tout en lui, du mental au physique, du psychologique à l'épidermique. Il me touche, je suis touché par lui.

Nous pouvons alors danser ensemble. Je peux ne plus paraître mais être. Ce processus mystérieux agit par glissement. Le personnage travaille en moi comme le bois coupé travaille dans son repos. Il joue comme le bois, allongé en planches, séparé par de menues lattes qui lui permettent de respirer. Il se gonfle ou se rétracte influencé par l'hydrométrie, la température, son âge au moment de la coupe et autres paramètres. C'est le temps du séchage, de la maturation.

Suite à cette première rencontre du carrefour, je deviens morceau de bois, disponible, m'imprègne, gonfle ou m'assèche suivant l'humeur. Je m'entrepose en attendant de devenir meuble et de servir à quelqu'un qui posera ses mains dessus, qui me touchera et sera touché en me touchant.

Je ne le décris ni ne l'explique, ne le justifie ni ne l'excuse. Je le laisse venir, jusqu'à le représenter, l'interpréter, le vivre en m'oubliant parfois devant cette caméra qui imprime ce que j'ignore de moi.

Je ne me trompe pas sur la place qu'il prend. Il est vivant parce que j'ai le cœur qui bat. Il marche parce que j'ai deux jambes. Il parle parce que j'ai deux cordes vocales. Un scénariste l'a fait naître non pas pour qu'il vive mais pour qu'il résonne sur ceux qui le regardent et l'écoutent. Mon projet n'est pas de m'identifier à lui. Il n'est qu'un vecteur. Il ne donne pas tout mais se laisse prendre. Un personnage n'est pas né pour prouver qu'il existe mais pour être encore imaginé. Chaque spectateur fera de lui ce qu'il veut, parfois ce qu'il ne veut pas.

Si je suis ému par lui, je le garde pour moi, ça transpire.

Il est comme un enfant qui un jour fait un pas puis un autre et va ainsi jusque dans les bras de cette personne là-bas qui l'attend et l'accueille, le spectateur. Une lettre qui part vers son destinataire.

Certains personnages déposent dans mon corps et dans mon âme plus de mémoire que d'autres.

Encore tout frais dans le métier, un des beaux enseignements que je reçois est celui des masques, la *commedia dell'arte* et son armée de personnages : Pantalon, Arlequin, Matamore, Polichinelle, Brighella…

Je chausse d'abord le masque de Pantalon, ce vieux grippe-sou courbé et acariâtre, et m'y sens bien pour improviser, même si Arlequin semble m'être destiné, bondissant et roublard. Les autres masques se révéleront plus tard, dérivés de ce premier qui est mon expérience de liberté.

Je pars du connu et chemine vers l'inconnu. Pour aller vers cet étranger, il me faut voyager dans le sens de la marche, sans quoi j'ai mal à la confiance.

Ce qu'on appelle un personnage de composition demande tout autant de se mettre à nu. Le masque, le maquillage et le costume ne suffisent pas pour exister. Je suis plusieurs et j'ai beau me travestir, sous le tissu est toujours ma peau, soi est toujours au centre.

Dans mon métier, l'outil est mon corps, l'homme et l'instrument sont confondus. La qualité de mon travail ne tient qu'à moi, à mon physique et à mon mental, pas d'intermédiaire, pas de machine qui s'enraye, tombe en panne ou se dérègle, pas d'excuse et peu d'indulgence. C'est avec mon corps, ma mémoire émotionnelle et sensorielle que je raconte des histoires. Ma tête et mon corps dialoguent ou se coupent la parole, s'accordent ou se crispent, se tapent dessus ou se respectent. Je dors avec mon outil, mange avec, m'interroge avec… Il pense en moi, me pense, me réfléchit, m'agit.

Cette relation en fusion ne me laisse pas en paix. Ainsi éclot la fleur de peau.

Vient le jour où on me propose d'interpréter un personnage qui me ressemble. Je n'en vois pas l'intérêt. Comment s'interpréter soi-même ? Quel est l'enjeu ? Quelle est ma crainte ? D'être démasqué, de larguer mes amarres, de m'exposer sans protections, ou de devenir un acteur de magazine, papier glacé, regard pénétré et pénétrant. Comment jouer le jeu d'être moi ? Lors d'une prise de vue photographique, m'afficher avec des costumes de styliste dont on devra penser qu'ils m'appartiennent, que j'ai une garde-robe originale mise en valeur par une lumière travaillée pour qu'elle fasse briller mes yeux, prendre la pose, celle de la séduction sans effort, qui ne doit pas se voir mais se voit quand même à force d'essayer d'éviter qu'elle se voie. Une image qui doit imprimer la mémoire hebdomadaire du lecteur jusqu'à la semaine prochaine.

À la *clonerie* je préfère la clownerie. Tout cela me paraît insipide et lisse, du liquide vaisselle qui glisse entre les doigts. Comment laver du savon liquide ? Comment rester léger, joyeux et joueur sur le territoire glissant de l'image ?

Me dissimuler derrière des rôles de composition est certes un plaisir mais aussi une pudeur. J'ai cette impression tenace qu'en simplicité, en nudité, en naturel, je ne suis pas intéressant.

Jusqu'au jour où un ami plus expérimenté, qui depuis s'est jeté d'une fenêtre ou que sa fenêtre a jeté de chez lui, paix à sa belle âme, me dit avant de sauter : Fais confiance à ta gueule ! Je l'entends. Ma gueule que je ne trouve ni très personnelle ni très spectaculaire, que je trouve une non-gueule. Il tape juste, dans ma confiance et dans ma gueule. Je finis donc par accepter ce rôle qui me ressemble en prenant conscience des enjeux : sortir de mon confort, me laisser faire, me laisser regarder. Accepter d'être ce que je suis. Je peux alors changer de point de vue et ajouter une corde à ma fragile guitare.

Jouer des Jacques sans faire le Jacques.

Est-ce cela, jouer ? Jouer avec soi et être.

La frontière est difficile à définir et peut rendre fou. Montré-je trop, suis-je assez ? Quand je fais si peu, est-ce suffisant ? Quand je fais trop, est-ce trop ou bien pas encore assez pour ne plus l'être ? Taraudé en permanence entre forme et fond, entre ce que j'ai en moi et ce que je transmets, entre ce que je crois transmettre et ce qui est transmis. Seuls le temps, le travail, la répétition du geste, l'expérience m'apaisent, momentanément.

La satisfaction est rare, fugitive. L'état de grâce, cette sensation d'être à la fois dedans et dehors, de surfer sur une vague qui ne veut pas mourir. Est-ce réel, est-ce un rêve ? Qu'importe, que jamais cela ne finisse !

Le rideau tombe. Échoué, je dois en faire le deuil.

Cet état, avoir deux pieds sur terre et ne pas peser quand même, je ne peux le commander et ne saurais le reproduire.

Je joue parce que c'est gamin. Je joue pour confondre, pour oublier.

— Pourquoi laisses-tu la télé allumée quand tu pars faire tes courses ?

— Parce que quand je reviens, quelqu'un m'attend.

— Tu as bien dormi ? Qu'est-ce que tu as mangé ce midi ? Qui est venu te voir ?

Toutes ces questions génèrent de l'angoisse quand ta mémoire a déclaré forfait.

Je ne te les pose que pour entendre encore ta voix.

— Tu es sortie aujourd'hui ?

— Oui.

Mentir malgré toi n'est plus mentir.

Ton vrai et ton faux jouent à cache-cache.

La vérité a perdu la bataille.

Je masse tes épaules, ce sont bien tes épaules, oui c'est bien ton corps que je touche.

Je caresse ton visage, oui c'est bien ton visage que je caresse.

Ton corps est ma seule certitude.

Tu stockes une demi-douzaine de paquets de thé. À l'épicerie tu ne te souviens plus que tu en as déjà.

Tu gardes tes croissants pour demain, puis demain tu les gardes pour demain… Ils sont rassis, ils n'ont plus de goût. Tu ne le sais pas puisque tu les gardes pour demain.

Les fraises et les framboises subissent le même sort.

Pour demain.

Tu descends à la boîte aux lettres, prends ton journal, remontes chez toi, t'assois à la table de la cuisine, tournes les pages, attrapes quelques images, quelques titres, feuille à feuille, oubliés.

Les jours ont-ils encore un sens ?

— C'est dimanche prochain carnaval. Comment tu vas te déguiser ?

— En courant d'air.

L'être que tu deviens, enfant, végétal, minéral, te compose.

Le temps passe, horizontal.

Le kiné, le dentiste, l'audioprothésiste, la pédicure, la coiffeuse, les auxiliaires de vie rythment ta semaine. Ton regard se porte des dizaines de fois par jour sur ton agenda, témoin de l'entretien d'un corps qui se venge de sa tête.

Tu ne sais plus faire la cuisine.

Tu ne vois plus les taches ou ne veux plus les voir.

Tu me fais répéter ce que je viens de dire.

Tu laves la vaisselle propre et essuies la vaisselle sale.

Tu ne vois plus la nécessité de changer de corsage.

Tu n'es plus assez souple pour te laver dans les coins.

Parfois, tu fermes la porte de la salle de bains, te déshabilles et ouvres le robinet. Tu restes à l'extérieur de la douche et regardes l'eau couler. Elle coule.

Tu fermes le robinet et sors de la salle de bains. Tu t'es lavée avec ton imagination. Le temps de te rhabiller suffit à oublier que tu ne l'as pas fait. Tu es propre.

Ta personne est devenue personnage.

Tu me fais rire, me désespères. Je veux être amusé. Je souris.

La mémoire s'habille de différents costumes, celui du présent, celui du passé, celui du trou.

Quand, en scène, il frappe de plein fouet, je me souhaite un petit coma comme porte de sortie, au mieux un malaise, mes jambes qui se dérobent, un rideau qui tombe, le décor qui s'effondre, le plateau qui s'écroule… Mais le trou n'a pas d'excuse.

Le coup de poing du silence ne prévient pas. Le mauvais génie se pose sur mon épaule et me picote derrière l'oreille. J'aime les oiseaux mais pas ce pivert qui creuse sa cavité dans mon cerveau.

Craindre le trou c'est lui donner à manger, il bouffe de ma peur à tous les repas.

Parfois, il est délicat, c'est pire. Il enlève un mot de la liste juste avant le premier pas sur la scène. Ce mot effacé de mon tableau noir va me manquer plus tard. Il se rappellera à ma fragile existence. Je tente de souffler, de me concentrer à l'extrême pour oublier l'oubli. J'avance jusqu'au bord de la falaise, je le sais, je le sens mais je chute, c'est prévu. J'ai voulu faire confiance à la mécanique, le trou se venge et la chute est sans fin. Au ralenti. Je suis seul dans ce vide, seul à le savoir. Le temps est arrêté.

Dans le tourbillon de la vague, un miracle me sauverait. Je ne dois pas l'espérer. Ne rien penser, me livrer aux éléments, ne rien vouloir, ne rien tenter mais jusqu'à quand ? Se laisser aller par le courant dans la baïne de mon esprit, sans énergie, juste flotter.

Faire le vide, la belle affaire. Mais qu'est-ce que *faire* ? Et qu'est-ce que le vide ? Faire le vide c'est déjà cogiter. Laisser couler ce qui vient, défiler les images, que rien n'arrête la rivière de mes pensées, même pas une pierre, pas une branche… jusqu'à la mer.

Mais l'angoisse n'en finit pas.

Certains pensent qu'il n'y a qu'à improviser, passer une phrase, récupérer la suivante, mais le trou n'est pas un blanc dans une ligne. Le mot qui manque condamne la suite au silence. Les repères ont disparu. Je n'ai plus de présent donc plus d'avenir.

Soudain je sors de l'eau, exsangue. Je ne connaîtrai pas le sauveteur, ne pourrai pas le remercier.

Sur la digue au-dessus de la plage, je marche, ma grand-mère à mes côtés. À petits pas elle se met à réciter une poésie apprise à l'école soixante-dix ans plus tôt que sa mémoire a gardée au chaud.

Le poème est passé sur sa vie.

La parole est limpide, claire. Délestée de l'apprentissage, du laborieux et du récitatif un peu scolaire, un peu chantant ; ne reste que le rythme des phrases, tout droit, comme un ruisseau tranquille ; libérée de la peur du professeur, du mot qui manque, de vouloir bien faire, de vouloir transmettre, de vouloir donner sens.

Sans effort, le souffle mesuré de ma grand-mère porte le vers jusqu'à sa fin, passe à gué sur le suivant, en toute humilité, en toute sérénité. La forme devenue fond devenu forme. Le sens apparaît, sans volonté, sans s'essouffler. Une phrase ouvre la porte à l'autre qui ouvre la porte à la suivante. Féminines, masculines, alternance des rimes et cadence de l'écriture, les consonnes tapent sans faire de mal, les voyelles caressent les consonnes. La ponctuation restée sur la page se sent inutile.

J'entends tout et au-delà, suspendu à ses lèvres, sans prise au vent, sans ondes et sans vagues. Je n'entends plus sa voix, juste son grain et la phrase.

Promenade sans géographie, fluide, sensuelle. Pas d'affect, pas d'humeur, pas d'émotion dans son récit tragique : l'histoire d'une femme de pêcheur qui attend son homme, à l'infini.

L'apparente froideur de ma grand-mère donne au petit auditeur que je suis le libre cours à son imaginaire. Elle me laisse la place, offre ma peau aux frissons.

Une flèche au ralenti qui atteint son but. Un cristal.

Le temps passe ainsi, marchant de vers en vers dans un état d'ébriété poétique que je ne connus pas une seconde fois.

Gamin, mes oreilles décollent.

— C'est toi qui as trouvé spencer *dans les mots fléchés ?*
— Oui.
— Wouahhh !

Fatigué de te voir aligner des traits à la verticale, à l'horizontale et en diagonale toute la journée sur les mots mêlés, je tente les mots fléchés du journal.

Nos deux têtes penchées sur le quadrillage, nos cerveaux fument. Ta concentration me surprend. Parfois un mot, surgi de ta bouche, vient se caler parfaitement dans les cases prévues. Le cadeau de l'inattendu, d'un cerveau qui n'a pas dit son dernier mot. Contre-pied. Je n'en crois pas mes oreilles et t'encourage.

Une heure s'écoule. Je sens fléchir ton attention.

— On fait une pause, on reprendra plus tard ? Je vais acheter des chocolats.

— Tu vas acheter des chocolats ?

— Oui. Tu en veux ?
— Oui !

Avec de grands yeux d'enfant teintés d'une expression animale, primitive.
Un oui définitif, autoritaire. Un oui qui dit je veux.
Trente minutes plus tard, le magnésium faisant effet, nous y retournons et je vois le mot spencer *inscrit par toi dans les cases, répondant à la définition : Veste courte anglaise.*

— Wouahhh ! Formidable ! Je dis bravo. Incroyable ! Tu es bilingue maintenant ?
Mais comment tu as fait ? D'où il vient ce mot anglais, des souvenirs d'école ?
Je t'ai parfois entendue parler à des clients britanniques mais c'était plutôt : Goude mornign, Odouyoudou, Ouate dou you ouante ?... À part ça...
Je suis impressionné.

Ton visage est impassible. À quoi penses-tu ? Qu'as-tu dans la tête ? Un peu fière, un peu humble, un peu rien ?
Silence.
— ... ! J'ai triché.
Grand blanc.

Tu avoues ta faute, à moitié pardonnée. Tu as regardé la solution en dernière page. Tu n'as pas pu, tu n'as pas pu mentir à ton fils.

Tu n'as pas triché puisque tu n'as pas pu ne pas me le dire.
Touché, coulé.
Je t'aime.

Mais où se cache ce mot derrière d'autres lettres qui cachent d'autres mots ?
Où sont tous ces mots écrits qui cachent ceux que tu ne prononces plus ?

Les mots n'ont pas tous envie de prendre l'air, de prendre voix. Il y a des écritures qui meurent de sortir au-dehors, des livres qui se nourrissent du silence, à lire entre deux draps, que la voix haute abîme, des livres pour les yeux qui résistent à la bouche.
Et d'autres qui le permettent.

J'aime lire à voix haute. Je retrouve la grammaire de mon métier d'acteur, me mettre un peu derrière, tenir les rênes afin que le cheval de mots ne s'emballe pas et tenter d'échapper à ce qui guette : la peur d'ennuyer. Trouver la note juste qui parcourra les lignes en équilibre.
Rythmes, contre-rythmes, rupture, syncope, contretemps, soupir, demi-pauses et pauses sont mes outils. Et puis l'instinct que j'invite sur toutes les courses.
Mettre ma voix c'est m'y mettre tout entier.

Sur ce désert qu'est la scène, je déplace un silence, une respiration. J'accélère, relance, me surprends, m'esquive, m'improvise et *m'imprévuse*. Chaque jour je mange les mêmes phrases mais elles n'ont pas le même goût. Je fais durer une résonance, une étreinte silencieuse avec le temps, avec la peur de me fragiliser, en le souhaitant quand même, peur de la mécanique ou de perdre confiance, peur d'échapper à moi-même. Jouer à se faire peur.

Les années passent, les personnages que j'interprète me donnent envie d'avoir le mien. Un personnage personnel qui parle pour ne pas tomber, pour qui les mots sont une succession de souffles rattrapés au vol de sa pensée. L'amour et la passion des mots me viennent de l'amour et de la passion du corps. J'écris.

Les mots deviennent matière, pâte. Je les malaxe, les triture, en invente, pour mieux poursuivre mon obsession : communiquer des sensations, transmettre à la peau. Je cherche les changements de carres, les virages de sens à angle droit, le rebond, le ricochet.

J'écoute les gens parler. Je débusque ce qu'ils ne veulent pas dire mais disent quand même, malgré eux, malgré tout. La maladresse, le lapsus, la chose qui échappe et nous trahit. L'incontrôlé, l'incontrôlable, l'acte manqué du mot, je collectionne.

J'aime les inventaires, les listes d'objets, les mots techniques, issus de mon enfance dans la quincaillerie familiale. Cette boutique qui n'est pas un bazar, comme certains l'appellent, pas une droguerie, comme on la nomme à Paris, mais une boutique du quotidien et... de la dernière chance.

Quatre étages de tiroirs, de rangements, de boîtes et de casiers. La marchandise s'impatiente, les réserves dégueulent de matériel, en fer, fonte, cuivre, laiton, aluminium, plastique, bakélite... de clous, de gonds, de charnières, d'outillages, d'assiettes, de manches de pioche, de tuyaux, de fil de fer, de casseroles, de lessiveuses... De la vis que mon père vend au détail jusqu'au gros blanc : lave-linge, lave-vaisselle, cuisinière, gazinière, poêle à mazout, à bois, à charbon...

Quatre étages pour se perdre ou jouer à cache-cache parmi ces objets qui portent tous un nom et se révèlent à l'épreuve annuelle d'un inventaire interminable. Des poids, des chiffres, des nombres, des longueurs, des largeurs, des hauteurs, des diamètres, des surfaces... c'est le stock !

Ce mot, je l'entends sous toutes les coutures : où va-t-on ranger la prochaine livraison ? N'ai-je pas trop commandé ? Le stock, cet argent qui dort, qui attend des mains et des besoins pour sortir de l'anonymat.

Dans ce stock de la multitude, le client trouve parfois l'impossible, ce qu'il n'ose même pas demander, ce que même l'espoir ne permet pas d'espérer, qui n'existe peut-être pas mais peut-être quand même :

Bonjour monsieur, je cherche le truc qui permet de... Un objet vous savez qui sert à coincer le... Mon père écoute, réfléchit : Une butée ? — Non, qui permet de... Il se fait alors magicien : Ah une retenue de porte ! — Oui voilà c'est ça ! crie le client qui sort de son apnée.

Mon père n'aime pas son métier de commerçant. Il étouffe dans cette boutique. Pour cet homme élevé au grand air, le client est potentiellement un chieur. Quelqu'un qui va vouloir l'impossible ou qui n'achète rien parce qu'il est en promenade, je regarde, dit-il, ou qui vient faire réparer un moulin à café qu'il a acheté en grande surface ou qui arrive à 19 heures quand le rideau se baisse. Tu sors le chieur par la porte, il reviendra par la fenêtre, dit-il.

Il sort alors le chieur par la fenêtre et le temps de la chute va fermer la porte.

Pourtant. Pourtant mon père est un sauveur. Le dieu du mot juste qui offre au client une parcelle de connaissance. Pas cruciverbe, cruciforme ! — Ahhh c'est ça, merci monsieur !

Cette masse d'objets provoque chez moi une forme d'oppression. Toutes ces pièces détachées qui s'associent à d'autres pièces détachées pour faire un tout, pour faire une phrase.

Je suis un traumatisé du stock.

Mère à l'horizon

Chez moi, quelques meubles, pour leur utilité plus que pour leur beauté, pour l'espace qu'ils laissent autour d'eux. C'est le sol qui m'importe, s'il est chaleureux. Il doit être vide et pouvoir recevoir un corps ou plusieurs, étendus ou dansants. Je suis assez souple pour vivre par terre.

À la seconde où j'entre dans une boutique, la tête me tourne, j'oublie ce que je cherche. Les bras du monstre de la consommation m'étranglent. Je prends le large.

— Bonjour monsieur, vous désirez ?

— Rien, merci.

— Tu préfères qu'on aille faire un tour en ville ou une promenade sur la plage ?

— Qu'est-ce que tu as envie toi ?

— Non maman, je te demande ce que tu as envie toi ?

— Mais qu'est-ce qui te fait plaisir ?

— Maman on ne se comprend pas, je veux connaître ton plaisir à toi, ta joie, ton bonheur égoïste, narcissique, égocentrique, égotiste…

— … !

Impossible réponse. Difficile pour moi d'admettre que ton plaisir est rempli du plaisir que tu offres. C'est très beau, admirable, mais ne connaîtrai-je donc jamais ton envie profonde, ton endroit, ton espace de bien-être, personnel et irréductible ?

Faire plaisir te satisfait, te rend aimable. Rendue aimable, tu es aimée. Est-ce là ton ultime et inconscient projet ?

Tu ne sais pas dire ce qui est bon pour toi.

J'insiste :

— Mais maman, si tu es seule sur une île déserte, sans enfant, sans mari, sans famille, qu'est-ce que tu vas préférer ? Marcher ou rester assise ? Te baigner nue ou tout habillée ? Manger un insecte pour te nourrir ou le laisser en vie ? Qui décide en toi ?

— … !

Vertige. Le désir et le besoin d'être aimée périmètrent ta surface mais c'est une conclusion trop partielle. Une question sans réponse n'est plus une question. Je ne te et ne me la pose plus.

Éducation catholique par ton père, tu es pratiquante et active. Élevée à la bonne action. Loin d'être une grenouille intégriste, tu participes à des groupes de réflexion, considères le pape comme ni plus ni moins qu'un être humain aussi faillible que ses congénères. Tu as une foi concrète, foin du Saint-Esprit et de ses collègues. Tu crois en Dieu, peut-être, et possiblement en une vie dans l'au-delà qui te permettra de retrouver celui et ceux que tu aimes et qui t'ont précédée, pour peu qu'ils soient aussi dans la section que tu mérites, la section Paradis. Le purgatoire ? Un passage qui se révélerait provisoire en raison des progrès que tu peux encore accomplir.

Mon père lui ne croit qu'à ce qu'il voit.

Tu vas à la messe le dimanche matin tandis que ton tendre époux, enfermé toute la semaine, va prendre cet air qui lui manque tant sur une bonne marche à pied pendant laquelle il achète une baguette, l'indispensable, la quotidienne, et des gâteaux parfois. La table est recouverte d'une nappe en tissu pour le repas dominical.

Mon père croit au grand air et toi à la prière, pas de sujet, pas de discorde idéologique, du respect.

Tu deviens malentendante quand il meurt, comme une mèche de cheveux blanchit en une seule nuit.

Vous étiez à quinze jours de vos noces d'or. C'est trop bête, j'ai pensé. Serait-ce plus juste de mourir pendant la fête ?

Lorsque tu vas au concert tu n'entends que très peu de notes. Tu dois imaginer les notes qui manquent. Tu aurais rêvé de jouer le jazz mais tu n'as pas de rythme. Tu n'en avais qu'au bras de ton homme quand vous marchiez côte à côte.

Tu construis un monde avec moins de sons. Tu dis toujours que ton homme était ta moitié. Il est parti avec la moitié de ton son. La partie absente de ton son est la partie restée présente de ton homme absent.

Une phrase demeure sans point, suspendue. Ça s'est fait comme ça, avec la vie qui change de volume.

La mémoire a suivi et couru à sa perte.

Tu n'es pas une autre, tu deviens, par la force du temps. Je dois réapprendre à t'aimer, toi ni tout à fait la même, ni tout à fait une autre.

Tu t'es battue toute ta vie pour vivre et profiter du présent et quand il arrive enfin tu t'accroches au souvenir, au dernier piton, le frère aîné du regret. Plus qu'un pied, plus qu'une main, plus qu'un doigt qui te retient du vide.

Même les mots les plus simples, bonjour pardon merci, deux syllabes, ont disparu de ton langage. À quoi bon !

Je ne t'en veux pas. Je ne t'en veux plus.

Je crains que ta malentendance actuelle n'ait toujours existé. C'est faux bien sûr mais je crains.

Que tu ne m'aies jamais écouté, c'est faux je sais mais je crains.

Que tu ne m'aies jamais aimé que pour être aimée. C'est faux bien sûr mais je crains.

Que tu aies été dépressive depuis toujours et que tu l'aies caché au point que je ne l'ai pas su. C'est faux bien sûr mais je crains.

Que ton âge avancé ne range tout d'un seul côté.

Je voulais, je veux, je voudrais, j'aurais voulu que tu meures avant d'être vieille. C'est faux bien sûr.

Est-ce la malentendance qui t'isole ou bien le muscle de l'effort qui s'atrophie ? Ou bien cet Àquoibon qui écrit peu à peu les pages d'un livre absent ?

Je ne comprends pas tout du mode d'emploi de ta vieillesse.

Ta perte de mémoire me fait perdre la mienne. Je te recompose, par morceaux, par bribes, par séquences, par fantasmes.

J'ai peur parfois d'oublier la mère que tes absences confisquent, celle que tu as été, tes mains, tes longues mains dont j'ai hérité, qui me massaient le ventre et m'ont rendu pour toujours prisonnier de mon enfance.

Tes yeux me fixent avec intensité. Sont-ils pleins, sont-ils vides ? Tes yeux bleu-vert dont j'ai hérité aussi et qui changent avec la couleur du ciel.

— Penchez la tête !

Je te vouvoie maintenant ? Je prends de la distance. J'essaie. Ça m'aide. Je joue un personnage, celui de l'infirmière.

Je verse les gouttes dans tes yeux.

Je crois que cela va t'aider à rouvrir des livres mais à quoi bon lire quand on ne se souvient plus de la phrase précédente ?

Mon enfance est peuplée de livres absents, non pas qu'il n'y ait pas de livres chez nous, il y en a plein la bibliothèque, de vieux livres reliés avec des couvertures à l'ancienne, des livres qui font partie du décor. Des livres d'héritage qu'on ne veut ou n'ose pas donner, des livres cadeaux-de-mariage, des livres trousseau qui font tapisserie, de faux vieux livres que je n'ouvre jamais, des livres qui font peur, que je regarde à distance, que je ne regarde plus, que je n'ai jamais regardés. Des livres qu'on époussette, des livres tristes, trop tôt, trop hauts, à lire quand je pourrai les atteindre et que je n'atteins jamais. Des livres trop tard.

Le seul que j'ouvre est une boîte à cigares, un livre vide de mots… et de cigares. Avec une petite musique qui jaillit à l'ouverture et trahit le secret.

Dans cette bibliothèque, un matin mon grand-père bricoleur creuse un trou en supprimant quelques étagères pour y loger une télévision qui remplace les livres qu'on ne lit pas mais qui les remplacerait aussi si on les avait lus.

L'heure est venue pour l'oral de remplacer l'écrit. La télévision, je m'attends un jour à la voir imploser, serrée comme elle est dans son caisson étanche. Une télévision qui ne respire pas peut imploser à tout moment et incendier les livres au passage.

Pour être franc, ça m'amuserait qu'elle implose.

Dans ma maison de livres absents, il y a ceux de ma mère de la bibliothèque tournante. Des livres qui passent entre des mains et glissent sous des yeux, des livres énigmatiques recouverts d'un papier orange opaque. Des livres qui cachent leur titre. Ne pas abîmer la couverture est la règle. Si j'avais su que le titre était aussi imprimé à l'intérieur, je me serais peut-être permis d'ouvrir subrepticement la première cartonnée de couverture. Des livres pressés de partir. On a quinze jours, c'est trop court quinze jours pour une commerçante qui commence tôt et finit tard. Je dois le rendre mais je ne l'ai pas fini. Des livres non finis avec des histoires non résolues. Des livres trop vite sinon on paye un supplément et on enraye la machine à tourner. Des livres qu'on ne fait que commencer.

Les livres absents de mon père sont des polars, des *SAS*, des *OSS*. Une littérature pas vraiment pour les enfants. Des histoires qui brûlent, avec des flingues et du cul sans doute. Je n'ose pas les ouvrir. Des livres pas chers pour ne penser à rien et tomber dans le sommeil sur une intrigue en cours qui offrira demain peut-être son dénouement avant le marchand de sable. En attendant on suppute et on s'endort.

Ma sœur lit énormément. Je suis jaloux de toute cette littérature qui me prive d'elle. Quand nous attrapons la rougeole ensemble, je lui en veux de rester dans sa chambre à lire lire lire. Des livres très épais, trop épais pour moi. Comment fait-elle avec cette épaisseur ?

Et puis un jour elle dit : J'ai fini ! Mais où a-t-elle trouvé ce temps qui me manque tant et ce profond silence quand tout s'agite autour de moi ? Et comment peut-elle demeurer si immobile des heures durant tandis que je vais dépenser mon souffle au-dehors ? Et de quoi se souvient-elle, moi qui me souviens si peu ? Je peux avoir été bouleversé par un film sans me souvenir de son histoire. Je me rappelle seulement avoir été bouleversé.

Mon inculture littéraire adolescente triomphe grâce à Guy des Cars. Je me masturbe sur *La Maudite* et mes érections traversent les longs paragraphes sans essouffler.

C'est Anouilh qui m'ouvre la porte. Antigone, c'est moi, il n'y a pas à chercher plus loin. Ses conflits de générations, c'est moi. L'amour absolu, sa révolte, c'est moi. Ce caractère indivisible et ce goût pour la mort, c'est moi. Je me rêve Antigon, un frère jumeau. Je ne remercierai jamais assez Jean Anouilh de m'avoir choisi pour la défendre devant ces bourreaux du bourrage de crâne.

14 à l'écrit, 14 à l'oral, la plus haute marche du podium après une année sans brillance.

Les librairies m'impressionnent, j'ai peur que cette masse de livres me tombe dessus et m'étouffe. Le syndrome du stock.

Les bibliothèques, elles, abritent et protègent le silence, qui s'étale, me traverse et perd la vue. Les voix se dé-timbrent, chuchotent par respect pour les mots couchés. Les yeux qui les lisent absentent le corps. Un moment à soi où l'on s'effleure, où seules les pages rythment l'épaisseur du temps.

Je commande une bibliothèque à un menuisier. Ce fut son dernier meuble avant qu'une attaque cérébrale ne le prive de tout sauf de sa vie. Je décide que la quantité de livres en ma possession doit être contenue dans ce contenant. Quand il déborde, je fais une sélection que je porte à la médiathèque communale.

Comme le bambou, je les circonscris, sinon leurs rhizomes envahissent mon jardin.

Trop de livres me *désordre* et m'*insomnise*. Je pense pourtant qu'une maison sans livres est une maison inhabitée.

Il y a quelques années j'ai eu besoin à nouveau de me rapprocher de la mer.

Pour être sûr que ce chantier ostréicole des années 50 pourra devenir ma maison, je demande l'autorisation aux propriétaires de l'occuper un peu. Ils acceptent. J'y reste trois jours et trois nuits pour échanger avec son histoire, ses bruits, ses résonances, ouvrir les fenêtres, les fermer, allumer un feu, tirer la chasse d'eau, me réveiller en pleine nuit, écouter ce qui est là, plus là, ce qui fuit et revient, avant de dire d'accord. Nous nous sommes bien entendus. Le vent peut souffler, les feuilles tomber, le moteur ronronner sur la mer. Je pourrai être triste ici, ce sera moins grave qu'ailleurs.

À huit cents mètres, le bistrot s'appelle L'Escale. Il n'est ouvert que six mois par an à la saison chaude ou censée l'être. Un petit muret en pierres me sépare de l'eau. En ce début de printemps il y a peu de monde sur cette terrasse. Un allongé s'il vous plaît !

Je fume mon café face à la mer, le temps s'allonge aussi.

Les voitures passent dans mon dos.

L'immobilité s'impose.

C'est là que je veux vivre !

Cette certitude a surgi dans les volutes de café chaud. Je le dis à voix haute pour être sûr de m'être entendu. Ici et là devenus synonymes.

Deux boulangeries, une pharmacie, une supérette, un salon de coiffure, un médecin, deux marchés par semaine, quelques bars dont l'un délivre la presse, un autre présente des concerts, les générations se mélangent, quelques boutiques, moitié ouvertes moitié fermées, moitié à vendre moitié vendues, attendent la belle saison pour se décider, un garage loue des bicyclettes avec en stock quelques chambres à air. Ça me suffit. Le village a son charme et ses mystères. Les habitants semblent heureux et conscients de ce privilège d'habiter sur ce doigt qui pointe vers l'inconnu.

Dans cette nouvelle maison, les baies vitrées invitent la mer. Le ciel et ses habitants éphémères visitent le salon puis repartent. Une terrasse sort de la cuisine, le paysage me tend les bras.

Rendez-vous avec le silence. Je le prends par l'épaule, le convie à s'asseoir. À bas bruit, nous devisons. La lumière nous offre un regard de peintre et fait apparaître Dieu à tout moment. Je ne trouve pas d'autres mots pour ces apparitions, lorsque l'eau se met à briller comme du métal ou lorsque la mer devient rose parce que le coucher du soleil ou jaune parce que le vent du Sahara. Est-il content ce dieu de n'avoir pour synonymes que la beauté, la sidération, le miracle d'une lune trop grosse expulsée par l'horizon à la nuit tombante, d'offrir son nom à l'athée que je suis pour désigner l'irrationnel, la magie qu'il serait injurieux d'expliquer ?

J'apprends à apprécier pour moi seul ce que je vois.

— As-tu entendu le piano ?

Tu me poses la question à la sortie du concert annuel de l'école de musique. C'est ton tout dernier concert, tu l'as décidé, je l'ignore encore.

J'aperçois ta crinière blanche, elle flotte.

Il n'y a que derrière un piano qu'on peut savoir si quelqu'un a rapetissé.

Je n'entends pas ton son. Il y a des cuivres et des cuivres autour de toi, trompettes, trombones, bugle… Ta main droite frappe les touches tandis que la gauche tremblote sur ta cuisse.

Je me demande ce qui se passe pour toi, la doyenne de l'orchestre ces dernières années, si tu n'es pas un poids musical pour cet ensemble avec ta malentendance et tes tremblotements, si le chef n'ose te dire que ça suffit maintenant, que tu dois penser à ta retraite orchestrale, que ton manque de rythme et tes couacs ont eu raison de sa patience. Je lui en parle après le concert. Il me dit : Non tout va bien avec Jacqueline. Je me demande comment font les gens avec toute cette gentillesse.

Tu joues sur un piano électrique, il n'en a pas l'air. Le son peut donc être baissé à volonté pour ne pas déranger l'orchestre. Je ne dis pas que c'est ce qu'a fait le chef, mais je n'entends pas le piano. Je suis venu t'écouter, je ne peux que presque te voir.

Je me demande aussi si tu t'entends jouer toi-même.

Après le dernier morceau, le public réclame un bis. Le chef choisit un tango argentin, il s'approche du piano, augmente le volume et dit : Allez Jacqueline, à fond le piano ! Comme quoi il ne devait pas l'être, mais je ne l'entends toujours pas pendant le bis.

À la sortie du concert, tu me demandes :

— As-tu entendu le piano ?

Tu veux savoir s'il n'y a que toi qui ne l'entends pas, si finalement on est tous malentendants. Je bégaye, je ne connais pas la réponse qui te ferait le plus plaisir : Oui je l'ai bien entendu, et toi : Merde je suis vraiment sourde, ou bien : Non je ne l'ai pas entendu, et toi : Merde alors pourquoi je joue ?

Parfois il n'y a pas de meilleure réponse. Il n'y en a pas non plus de moins pire. Le silence vient alors à mon secours mais il est si suspect qu'il me lâche aussi dans la descente.

Le lendemain à la maison, je te propose de jouer ta partition en solo, rien que pour moi. Tu la joues et très bien, je suis rassuré. Tu peux jouer en t'entendant sans les cuivres et tu peux aussi jouer sans t'entendre avec les cuivres.

On peut donc entendre ce qu'on a entendu et qu'on n'entend plus. On peut donc jouer du piano sans piano, parler ou chanter sans sa voix et peut-être courir sans ses jambes, écrire sans les mots, boire sans eau, aimer sans amour, vivre sans respirer et être heureux quand même.

Un musicien joue-t-il si personne ne l'entend ?

Un bébé pleure-t-il si personne ne l'entend ?

Combien pèse le son ?

Le son est un fantôme comme la couleur de l'air et la couleur de l'eau.

La neige est-elle du son figé ?

Qu'entendront mes proches après ma mort ?

Mes pas, ma voix, le frottement d'une chemise, un fou rire à bicyclette sur la plage de mes quinze ans ?

Le loup ne pense pas il court, l'oiseau ne pense pas il vole, je ne pense pas que le son pense, il résonne.

Mais où va le son quand il nous quitte ?

La plume tombe en silence, la femme tombe enceinte, une feuille dans le vent pour son dernier voyage, un banc de brume sur la mer, une conversation qui suspend son vol, un corps pétri de fatigue s'enfonçant dans le sommeil… Beaucoup de chutes sont silencieuses.

Est-il possible que nos sons nous survivent et que nos enfants en héritent au plus secret de leur secret ?

Est-ce ma mère qui entend de moins en moins ou le son qui se fait de moins en moins entendre ?

Encore fœtus, je ne fais que dormir et me nourrir de ce que j'entends, des bruits, des musiques… qui m'agressent ou bien me caressent dans le sens du poil que je n'ai pas encore. La douce voix de ma mère, celle autoritaire de mon père, la voix enfantine de ma sœur, le mouvement des vagues qui lèchent le sable, tapent sur la digue, le crin-crin d'un vinyle usé par son saphir…

L'année dernière à cause d'une exostose, excroissance osseuse dans le canal auditif, je fais l'expérience de la surdité.

Le corps est ainsi fait que pour protéger son tympan, il construit un rempart pour le défendre contre l'agressivité du vent ou des eaux froides. Rempart qui peut aller jusqu'au mur et refermer le canal. Le tympan est sauvé mais vous n'entendez plus rien. La maladie des surfeurs et des plongeurs paraît-il.

Je ne surfe ni ne plonge mais l'eau de mer est mon deuxième pays.

Pendant quelques mois je rejoins ma mère dans cette isolation phonique qu'elle connaît depuis la mort de mon père.

J'entends mal, je fais répéter, m'isole peu à peu et perds l'envie de communiquer.

— C'est à quelle heure ton rendez-vous de contrôle pour tes appareils auditifs ?

Tu plonges dans ton agenda.

— 14 heures.

L'audioprothésiste place un casque sur tes oreilles pour tester ton niveau d'audition. Il te fait entendre des mots enregistrés que tu dois répéter.

Fenêtre… Cage… Outil… Labyrinthe… Écorchure…

L'exercice dure plus de vingt minutes. Je suis curieux d'entendre ce que tu entends. Je chausse le casque, j'écoute et le déchausse très vite, abasourdi.

— C'est ma voix ! Les mots que tu viens d'entendre, c'est ma voix.

Tu me regardes, tu ne comprends pas. L'audioprothésiste non plus. Tout le monde se regarde.

Il prend le casque, écoute et dit :

— Ah oui en effet, c'est votre voix. Mais comment c'est possible ?

Tout à coup ça me revient, il y a plus de quinze ans j'ai enregistré des séries de mots pour un fabricant d'audioprothèses.

Ce travail long et fastidieux arrive maintenant dans tes oreilles.

Ces mots froids, techniques, articulés, je le découvre, servent à des milliers de personnes pour évaluer leur capacité d'audition.

Au bout de cette chaîne, ma voix dans ton casque et toi, ma mère, pour l'entendre.

Nous sortons du cabinet. La porte se referme derrière nous.

Sur le trottoir, malicieuse, tu dis :

— Tu vois, on ne peut pas se quitter !

Je finis par me faire opérer des oreilles et me livre à l'examen audiométrique obligatoire.

Le médecin m'enferme dans une cabine insonorisée et me dit :

— Je vais vous envoyer des sons et quand vous ne les entendez plus vous appuyez sur le bouton.

J'entends un son et je ne sais pourquoi je n'appuie pas. Il ouvre la porte et me dit :

— Vous êtes hors de la norme vous.

— Oui, j'ai dit oui.

— Mais il faut appuyer quand même sinon… Si vous n'appuyez pas c'est que vous entendez le son à l'infini et c'est impossible ça ! Vous n'êtes pas une chauve-souris ? dit-il, riant de lui-même.

— Oui.

Je réponds à cette question qui n'en est pas une. Oui je suis humain.

— Vous n'avez pas d'acouphènes ?

Je ne sais jamais avec la liaison si ce sont des acouphènes ou des zacouphènes. J'ai aussi un problème avec les homonymes. Les acouphènes et les homonymes. Le mal d'amour devenu pluriel devient les maux d'amour qui se confondent avec les mots d'amour qui peuvent faire mal aussi mais beaucoup moins.

La langue des signes a-t-elle des homonymes ?

Bon, je suis dans la cabine, j'entends un son et j'appuie sur le bouton. Le médecin ouvre la porte et me demande :

— Vous n'avez pas entendu le son ?

— Si docteur pourquoi ?

— Parce que vous avez appuyé dès que je l'ai envoyé.

— Oui docteur.

— Non monsieur il faut bien qu'on se comprenne, il ne faut pas appuyer quand vous entendez le son mais quand vous ne l'entendez plus.

— D'accord docteur, par exemple là je ne l'entends plus alors j'appuie.

— Oui c'est ça mais attendez d'abord que je vous l'envoie.

— Mais vous me dites que vous l'avez déjà envoyé.

— Oui mais c'était le son précédent. Je vais envoyer le suivant. Attention ! dit-il en fermant la porte.

Attention à quoi ?

J'attends, j'attends mais n'entends rien alors j'appuie.

Il ouvre la porte un peu nerveusement cette fois :

— Vous n'avez pas entendu le son ?

— Non je lui dis, j'ai attendu, pas de son, alors j'ai appuyé.

— Mais monsieur il faut mettre le casque pour entendre !

— Ah oui pardon !

Je mets le casque.

Il m'envoie un son, je l'entends tout à fait, bien qu'il soit vraiment très fin, je me demande même si c'est un son. Je me demande s'il ne se fout pas un peu de ma gueule avec un si petit son. Ayant un doute, je sors de la cabine en oubliant d'enlever le casque. Merde ! Je manque de tout arracher !

— C'était un son ça ?

— Oui c'est un son ! C'est ça un son !... Il y a des gros sons et des petits sons mais moi je ne vous envoie que des petits sons ! Et maintenant rentrez dans la cabine parce que vous n'êtes pas tout seul. Il y a des gens qui attendent dehors !

— Bon d'accord, dis-je en refermant la porte.

Il n'avait qu'à me le dire avant que ce ne sont que des petits sons.

Je remets le casque et là il me balance un nouveau son, tout aussi ridicule. Je l'entends puis je ne l'entends plus mais ne suis pas sûr de ne plus l'entendre. À deux doigts d'appuyer sur le bouton, je ne sais plus si ce que j'entends est encore le son réel ou ma mémoire du son. Comment faire ? Appuyer, ne pas appuyer… Plus tôt, plus tard, trop tard… J'appuie. Un autre son surgit, plus grave, plus aigu, plus petit, plus infini, plus plus plus… J'appuie, j'appuie pas ? Je deviens dingo. À ce moment-là je rêve d'être sourd, d'appuyer sans arrêt sur le bouton et m'asseoir dessus et rebondir avec mon cul pour en finir et lui détruire les oreilles au toubib. Mais je veux la vérité de ce que j'entends, scientifiquement. Me connaître moi-même avant que tout ne m'échappe.

Je sens qu'il va me poursuivre toute ma vie ce petit son qui jamais ne s'éteint.

Je pétoche, je voudrais avoir les mêmes résultats que l'année dernière et encore mieux pourquoi pas, de plus en plus vieux et de plus en plus mieux. Alors j'appuie j'appuie pas… Pendant ce petit temps d'incertitude qui m'aide à tricher sans en avoir l'air, il se passe deux ou trois centièmes de seconde que je gagne sur l'éternité.

— Vous avez une excellente audition pour votre âge.

— Ah oui ? Merci docteur. C'est fini ?

— Non, maintenant je vais vous envoyer des mots que vous essaierez de répéter.

— D'accord. Allons-y docteur !

Bicyclette.

— Bicyclette.

Câlin.

— Câlin.

Tube... Bizarre... Flamme...

— C'est parfait, confirme le docteur dans mon casque.

J'ouvre la porte :

— Je les connais ces mots, c'est ma voix.

— Comment ça ?

— C'est ma voix.

Le médecin me regarde, la bouche en O, hésitant avec le AH de l'étonné.

— Merci docteur. À la prochaine !

Un ami chercheur de sons qui travaille à l'IRCAM me propose un jour de me faire visiter une salle anéchoïque. Un coffre-fort du vide. Le son y est absent. C'est très exceptionnel de pénétrer dans ce temple. Il faut des autorisations spéciales. Nous poussons une porte massive, montons quelques marches vers une passerelle métallique sur pilotis. L'atmosphère est très étrange. Trois mètres en dessous de nous, partout dans l'espace, des rangées de cônes en mousse.

Je suis très curieux de ces cônes de haute technologie qui absorbent les sons. C'est très impressionnant. Non seulement on n'entend rien mais on entend le rien.

Fasciné je me penche au-dessus de la passerelle, me penche encore pour voir de plus près, essayer de les toucher et splash ou plutôt bowfchhh !... Je bascule. Ma chute amortie par la mousse. Hébété au milieu des cônes, je ne sais plus quoi faire. Je vois mon ami chercheur trois mètres au-dessus de moi, ses yeux ont doublé de volume.

Je n'ose plus bouger de peur d'abîmer ces cônes tentaculaires hors de prix et très expérimentaux. Eux aussi me regardent. Je me relève doucement, terrifié. Je tends les bras comme un noyé mais ils sont trop courts. Impossible d'atteindre la passerelle.

Comment on va faire ? La panique nous rend bêtes. On chuchote. Mon camarade s'allonge sur la passerelle, coince ses pieds, fait l'acrobate... Plus bas !... Plus bas... Encore... Encore... Il a des bras de chercheur, beaucoup trop courts lui aussi... Mon Dieu, c'est pas possible, il faut que je me sorte de là... Je saute je saute, mollement pour ne pas abîmer les précieux cônes tandis que lui descend, un peu, encore, encore un peu ! Plus bas !... Hop ça y est j'attrape sa main. On a vraiment l'air très cons à faire les équilibristes là-dedans. Il tire, tire ma chemise, ma ceinture, mon pantalon, ma jambe et me hisse sur la passerelle avec sa force multipliée par ma honte, au risque de se retrouver tous les deux dans les cônes.

Arrivé sur la plateforme je suis en eau, à bout de souffle. Deux méduses échouées. On met dix minutes à récupérer. On n'entend que nos souffles dans le silence et peu à peu plus rien. On n'ose plus respirer. En apnée et transpirant. J'égoutte. J'entends ma sueur qui coule sur ma peau. J'écoute le son de ma sueur. Et la sienne aussi. Il n'y a plus que ça à entendre, nos souffles, nos sueurs qui perlent et tombent sur les cônes. Ploc, ploc étouffé. La torture de la goutte sur le cône. Comme des vies filmées au ralenti. J'entends tout ce que je n'ai jamais entendu. Les infimes sons. Le sang dans mes veines, mes muscles qui se dététanisent, mes tendons qui se détendent… Tous les bruits de cette usine à gaz de mon corps.

Et là ça craque. La pression lâche. Explosion de rigolade. Des gamins. On ne peut plus s'arrêter. On soulage. Du pur nerveux.

Nos rires sont complètement matifiés, insonorisés, ingérés par la mousse. On rit mais on n'entend plus nos propres rires rigoler. Ça rit en dedans de moi. Un rire intérieur mais très éruptif. Comme si j'étais deux. Un qui rit dehors sans bruit, un qui rit dedans très bruyant mais que je n'entends pas. Deux moi sous un seul toit. Ça fait peur et du bien en même temps.

Je le vois tordu de rire sans son, tout est assourdi, absorbé par la matière. Je me doute qu'il rit, à l'image de sa grimace, mais sans son je ne suis sûr de rien.

Deux grimaces se regardent. J'espère ne pas lui ressembler parce que sa grimace de rire sans son ressemble comme deux gouttes de sueur à celle de la douleur. Comme la grimace du jouir de la petite mort, quand le plaisir et la souffrance se confondent.

Les larmes sans son sont fréquentes mais pas le rire. Le rire sans son n'est pas drôle.

Je me souviens de ma fille qui s'était coincé le doigt dans la porte de sa chambre que j'essayais de fermer. Elle, de l'autre côté, avait le souffle coupé. Elle hurlait de douleur sans son elle aussi. Je ne la voyais pas. J'essayais de fermer la porte, je forçais je forçais je forçais, et je vois un morceau de doigt tomber à mes pieds.

Les urgences ont recollé le doigt de ma fille et elle a retrouvé sa voix.

Les grimaces de mon camarade chercheur se calment, les miennes aussi. Allongé sur la passerelle, je trouve un peu d'apaisement malgré les sous-entendus de mon esprit qui vagabonde.

Entre mon silence intérieur terriblement bruyant et celui claustrophobique de ce coffre-fort du vide, je peux devenir fou. Étranger à moi-même.

N'entendre que les battements de mon cœur c'est encore trop, ou trop peu.

Il faut sortir, c'est nécessaire, avant de devenir une abstraction. Nous nous éclipsons à pas menus, un peu péteux, et refermons la porte blindée. Nous nous regardons, sans voix. Dans le couloir, je croise des hommes, des femmes, qui entrent et sortent des studios, parlent et se répondent, je les vois et les entends. Les autres sont ma preuve.

D'un petit signe, je dis au revoir à mon ami chercheur.

Je monte les marches, une à une. Approchant de la sortie, les mots, incomplets d'abord, tapissent peu à peu mon cerveau, reviennent à eux, à moi. *Ouf* est le premier qui sort, au grand air. *Ouf*, un souffle-mot, un souffle-son. J'arrête la première personne que je croise et lui demande : Ça va ? Vous allez bien ? Elle ne répond pas et continue son chemin. J'avais besoin.

Le silence pur est un leurre, un point d'interrogation. Mon *je* fait trop de bruit.

Le mot rassure. Je veux croire qu'il dure, qu'il s'imprime dès qu'il s'exprime, mais un mot dit est un mot mort, une momie. Il est maudit dès qu'il est dit. Fini. Il s'auto-détruit. Pas d'illusion.

— Je n'ai plus que la mémoire de l'instant, déclares-tu. J'entends tellement de choses, je ne sais plus ce que je dis. Quand tu ne te souviens plus de ce que tu as entendu, tu ne sais plus le vrai de rien de ce que tu dis.

— … !

Nous avons tant parlé. Les matins au petit déjeuner, l'espace-temps de nos confidences, de mes troubles d'enfant puis d'adolescent, tous ces mots prononcés dans la disponibilité du petit matin, quand la concentration est encore vierge, les sensations encore neuves, les idées fraîches sous la rosée. Mère attentive avant le départ pour l'école, je t'offre les secrets qu'on ne dit qu'une fois.

L'enfant demande qu'on l'écoute peu importent le lieu et l'heure. L'enfant dit : Je veux la place, toute la place, pas la place qu'on me laisse, la place qui m'est due. J'ai besoin de beaucoup de place, dit l'enfant.

— Tu ne m'écoutes pas maman !

— Mais si je t'écoute mon enfant.

— Non maman tu m'entends mais ne m'écoutes pas. Qu'est-ce que je viens de dire ?

— Tu viens de dire ça ça et ça et puis ça et ça… Tu vois je t'écoute !

Oui c'est bien ce que je te dis, tu récites, comme une chanson, ça veut dire que tu as une bonne mémoire. Tu as entendu les mots, les uns après les autres, un chapelet de mots. J'aimerais mieux que tu n'aies pas entendu tous les mots mais écouté ce qui se cache derrière, dans le son de ma voix, dans les vibrations de mon corps, dans l'absolue nécessité de te le dire à toi seule.

Je comprends que tu ne sois pas disponible mais ne fais pas mine, c'est pire mine. Je préfère que tu me dises : Pas maintenant, plutôt que de vouloir bien faire. Je parle avec le cœur et tu m'écoutes avec tes oreilles. Tu entends le son qui sort de ma bouche mais tu te trompes, il sort de mon ventre. Alors je ne te dirai plus rien si tu m'entends quand tu devrais m'écouter.

Je sais tout de toi, tout de ce que tu ne sais pas toi-même de toi. Je connais le secret de tes entrailles. J'y étais à une époque, je les ai visitées. Je connais tes inquiétudes, tes joies, tes larmes intérieures, tes sourires opaques, tout ce que tu ne dis pas à ton homme, mon père, je le sais. Je suis sorti de toi et maintenant je cause et tout ce que je dis est important, maman, à tout moment. Alors arrête de m'entendre et écoute-moi. Que je voie dans tes yeux, que je voie que tu me comprends.

L'enfant sait tout parce qu'il sent tout, même dans la confusion. Les mots ne servent qu'à mettre de l'ordre.

Qu'est-ce que tu reçois dans ce que j'émets ?

Qu'est-ce que tu entends maintenant ou fais mine d'entendre ?

Je te connais, je sais que tu as besoin de donner beaucoup pour recevoir un peu. Mais là tu es perdue dans ton échelle de valeurs. Tu es en cage, tu ne peux plus aider comme avant, enfiler le fil dans le chas de l'aiguille. Tu tentes encore de mettre en pot des confitures, de cuisiner des tartes, mais tu ne connais plus les proportions.

Reçois maintenant maman, prends ce que je te donne, ne me pousse pas avec ta main qui s'est endurcie avec le temps. Laisse-moi t'aider, tu n'es coupable de rien si je t'aide.

Le silence s'installe peu à peu entre nous. Combien va-t-il durer ? Comment apprivoiser ce silence nouveau ?

Je m'accroche à la roche.

La télévision est éteinte aux risques et périls de la mouche qui vole entre nous.

Je résiste, je mange, mâche et remâche les sujets possibles.

Pour la première fois, je m'entends mastiquer en tête à tête avec ma mère. Je dis c'est bon, je parle de ce que je mange.

Je mâche mâche mes carottes de la bonne cuisine de maman. Je sais que la faim fait sortir le loup du bois, je sais que le silence peut faire sortir les mots de moi mais peut-être plus de toi. Je mâche la palette de porc et ses pommes de terre autour, remâche toutes les causeries que nous avons eues. Je sais que le sujet va trouver son petit chemin, puis grandir, comme avant, je ne veux pas penser comme avant. Je laisse venir, doucement, doucement… Le sujet, le bon sujet qui une fois encore nous animera, excitera les papilles de nos échanges.

Je gratte le sable pour trouver le coquillage de nos conversations, de nos analyses de l'être qui descend du singe, du paraître qui ne descend de rien, de ce monde qu'on reconstruit jusqu'à la tarte à la rhubarbe, jusqu'au dernier verre de vin.

J'ai bien fait de résister au petit écran. Le mot arrive, tout seul d'abord, comme une hirondelle, suivie d'autres hirondelles qui forment une phrase dans le ciel, suivies d'autres nuées de phrases et le sujet sort du nid, pose ses pattes sur le bord et saute, réapprend à voler et les phrases s'enchaînent, rejetant l'autrefois pour un maintenant maintenant.

Nous savons encore parler, comme on a appris à nager, à marcher, à courir, à pédaler. Nous savons encore parler, même quand tout sera dit. La source n'est pas tarie, il reste des mots, à dire vrai, avant de partir.

Je ne dors plus. Seul dans mon lit, je veille.

J'ai quarante ans. J'ai rendez-vous. À quelle heure, je l'ignore. Le téléphone sonne. Vous pouvez venir. Je gicle, enfile mon survêtement, T-shirt, veste, baskets. Tout est préparé depuis la veille. Organisé, efficace.

M'ont-ils appelé à temps ? Ils connaissent leur boulot c'est sûr, mais un moment d'inattention, une urgence... M'ont-ils appelé à temps ?

J'enfourche ma bicyclette. C'est l'étape à gagner pour être champion du monde. Pas de deuxième chance. Coudes repliés. Corps dans l'axe. Les deux mains sur les cocottes. Respiration nasale. J'absorbe la ligne droite. Les feux sont rouges ? Peut-être ! Je ne pense à rien, j'essaie. En boule, sans rien voir que l'avenir proche. Deux mètres cinquante, pas plus. Au delà c'est trop loin et c'est casse-gueule.

Je connais la route jusqu'à la maternité, elle est en moi, je l'ai repérée plusieurs fois et par tous les temps. Je la prends, la respire, grignote le rouleau de bitume. Rien ne bouge que mes jambes. Je suis attendu sur la ligne, je l'espère tant.

Me rater ? Je ne me le pardonnerai pas. Je suis au centre de mon monde. Au centre de ma gravité. Chaque tour de roue, un challenge vers l'inconnu, le désir et la peur d'être père. Serai-je à la hauteur, quelle est la hauteur ? Qu'est-ce qu'il y a à gagner, qu'est-ce qu'il y a à perdre ? Suis-je encore assez jeune ? Être père, c'est quoi, c'est comment ? On ne se prépare pas, on l'est. On se débrouille. Sans réponse, pas de question. Ferai-je comme a fait le mien ? Pas tout, certaines choses sans doute, pas tout.

Tout peut arriver à l'aube dans ces rues désertes. Dérailler, crever, déraper, voiture en trombe, un piéton qui titube… Si je tombe je cours. Même blessé je cours, même fracassé, même sans jambes je cours, fou, j'ai des yeux partout. Rendez-vous sans heure, contre la montre sans montre. Je lutte, fais reculer le temps, comme les roues des voitures qui tournent à l'envers sur l'écran de cinéma.

Plus c'est dur plus je me concentre et plus c'est dur. Rigole quand ça fait mal ! Je me parle, me tutoie, m'encourage.

De la nonchalance, de la décontraction, je ne joue pas ma vie, je joue à vivre. Pas de grimaces, de la grâce et du cœur. Ne pas faire les comptes. Plus j'en donne et plus il y en a. Si je donne tout, y aura rien à voler. Je roule, pose mes deux lèvres l'une sur l'autre afin qu'aucun moucheron ne me donne des nouvelles du monde que j'avalerai de travers. Pas le moment de tousser. Je vire, vole, roule, déroule. Le temps qu'il fait je m'en fous. Le soleil réchauffe ; la pluie, ça lave. J'ai choisi le tout-terrain, les creux, les bosses, les bleus, les crosses, les pleins et les déliés. Je suis fait pour ça, c'est ma chance.

J'aperçois la barrière rouge et blanche, l'esquive, saute de mon vélo.

Un étage, en nage, deux étages, la porte est battante. Pas battu. Chambre 21, je frappe. Entrez ! C'est moi !

Sa mère, seule.

Elle n'est pas là, pas arrivée, pas née.

Ma sueur refroidit. Deux heures s'écoulent. Pas envie de sortir sans doute. Elle est bien au chaud.

Trois heures s'écoulent encore.

Qu'est-ce qu'elle fait ? Pourquoi elle attend ? Pourquoi elle nous inquiète ?

Elle respire tranquillement dans son liquide amniotique, s'essaye à la chorégraphie aquatique, reliée à la surface des choses par un cordon ombilical qui ne lui appartient déjà plus puisqu'on va lui couper plus tard. Elle vit là depuis deux cent soixante-trois jours et sept heures, une poignée de minutes, une pincée de secondes. Et comme ces pépins que l'on met à germer dans l'alcool pour faire de la liqueur d'orange ou ces pépins de bateau que l'on met en bouteille pour faire de la liqueur de rêve, il y a toujours quelqu'un pour demander comment ils sont entrés dans la bouteille l'orange et le bateau ?

C'est un métier, on ne met pas sa vie entre toutes les mains, aussi sages soient certaines femmes.

Nous avons préparé le terrain, conseillés par les mains de l'haptonome.

Soufflez soufflez madame ! Bloquez ! Et maintenant poussez poussez !...

Elle arrive de l'apesanteur. Elle glisse, glisse dans le toboggan de la vie. S'arrête un moment. Passe sa tête, puis une épaule, la droite ou la gauche elle l'ignore, puis l'autre, puis sa poitrine, son ventre puis ses fesses, ses jambes, ses pieds… Elle ne sait pas encore combien tout cela lui sera utile.

Je la libère de son lien qui la rattache à son ancien pays. Elle ouvre les yeux, à peine.

Elle est là, dans mes mains.

Elle crie le cri perçant qu'on attend. Le premier cri rassure, ceux qui vont suivre inquiètent.

Sans cri pas de souffle, sans souffle pas de vie.

Dans mes mains.

— Haaaaaaaaaaaaaahiiiiiiiiiiiiii !

En cette fin de matinée je somnole dans ton appartement. J'entends un cri très aigu mais très étouffé. Un cri de bête inconnue suivi d'un bruit sourd. Je me précipite, sors de la chambre. C'est toi, étendue sur le carrelage de la cuisine. Tu as les yeux grands ouverts. Tu me regardes mais j'ignore si tu me vois. Maman maman !... Tu ne réponds pas. Dans quel monde es-tu ? Je surélève tes jambes sur une chaise. Tu commences à t'agiter. Je cours vers la chambre chercher mon téléphone, ne le trouve pas, reviens vers toi, prends ta tête dans mes deux mains. Tu convulses. Du sang coule de ton oreille gauche et un petit filet rouge sort de ta bouche. Je retourne dans la chambre chercher mon téléphone, fouille dans les draps, secoue les couvertures, je sais qu'il est là, je sais qu'il est là... Il est là ! Où en es-tu pendant ce laps de temps si court si long ? Je reviens vers toi. Maman ! Tu es tendue comme un arc, tes muscles tétanisent… Je tape le 15, un répondeur débite, débite… Je raccroche et tape le 18, une femme répond. Je décris ton état. Elle est très agitée, de la bave lui sort de la bouche, elle saigne. Une main pour le téléphone, une main pour ton visage. Tes yeux me regardent ou plutôt tes yeux sont dans la direction des miens. Tes yeux, d'une intensité comme jamais, me dévorent, m'oppressent, me clouent, me tuent. Tes yeux de la mort, tes yeux de l'amour, tes yeux de la peur me disent au revoir, me disent à tout à l'heure, me disent adieu, me disent encore. Je tente de rester calme et précise la situation, ressemblance avec une crise d'épilepsie, donne l'adresse… Je fais tout comme si j'avais pris des cours de secourisme, comme si j'avais lu des livres sur la première urgence, calme et efficacité, je répète l'adresse, l'étage, etc. Je fais comme si, comme si, comme si…

En réalité je suis complètement paniqué, traversé par des tu-vas-mourir-là-maintenant-entre-mes-deux-mains-à-quatre-vingt-huit-ans-ce-serait-pas-si-mal/peut-être-même-que-ce-serait-bien/peut-être-même-que-je-devrais-faire-en-sorte-que-ça-arrive/que-tu-meures-là-maintenant-entre-mes-deux-mains/que-ce-serait-une-belle-fin/que-le-hasard-du-calendrier-n'en-est-pas-un/qu'il-a-bien-fait-les-choses-que-je-sois-auprès-de-toi-au-moment-du-grand-écart-et-que-peut-être-c'est-ce-que-tu-souhaites-au-fond-de-ton-inconscient-avec-ton-regard-halluciné/de-mourir-dans-les-mains-de-ton-fils-tant-aimé.

Et en même temps même temps même temps je fais tout pour te sauver.

Je veux fuir ces pensées coupables en me concentrant sur les détails. Le pompier me dit de te placer sur le côté en position de sécurité pour ne pas que tu avales ta langue. Tu résistes, ton corps est dur et refuse la position. Ta masse corporelle est à la fois inerte et terriblement crispée, tes yeux se révulsent quelques secondes. Oui je ne me trompe pas ce sont bien les symptômes de l'épilepsie mais tu n'es pas épileptique. Je joue le personnage du médecin qui sait mais je ne sais rien sinon que la sirène se fait terriblement attendre.

Si tu ne veux pas que le son te quitte, endors-toi au calme dans ta nuit.
À l'aube réveille-toi sans bruit.
Dans ce pays,
Où le silence n'est pas la mort.
Où l'immobilité n'est pas la mort.
Où le vide n'est pas le rien.
Où le rien n'est pas la mort.
Où courir n'est plus de mise.
Sauf pour le plaisir du vent.

J'entends la sirène. Je cours vers le balcon. Chaque fois je te lâche, chaque fois je crains que tu ne meures sans moi.

Le pompier bloque la porte extérieure, je lui lance la clé, il ouvre. Ils sont trois, montent au premier, entrent dans l'appartement, se penchent sur toi, te parlent, posent des questions. Tu ne réponds toujours pas, tu es ailleurs. Où ? Brancard, respirateur, défibrillateur… Je dégage les fauteuils, les chaises, tables, guéridons, commodes, canapé… Tous ces meubles issus de ton ancienne maison qui était quatre fois plus grande. Trop de meubles, trop.

Les pompiers s'occupent de toi, c'est leur tour, tu es à eux maintenant. Ils n'arrivent pas à te stabiliser. Ils préviennent le SAMU, vont et viennent. À genoux autour de toi, te demandent de te calmer, t'intiment l'ordre de te calmer. En temps normal tu n'entends pas grand-chose mais là tu n'entends rien. Le SAMU arrive, les médecins et infirmiers me saluent et me demandent ce qui s'est passé. Je répète pour la cinquième fois. Je ne te vois plus. Tu es cachée derrière ces corps rouges, ces corps blancs. Je t'aperçois subrepticement qui brille dans ta couverture de survie. Ça parle, discute et décide enfin que l'escalier est trop étroit, que l'ascenseur est trop petit, que le mieux serait par la fenêtre, par le balcon ? Non, par la fenêtre. Rue bloquée, grandes manœuvres, la grande échelle se déploie. Son extrémité pénètre lentement dans l'appartement, le cou d'un dinosaure vient nous visiter. Ils t'installent et te sécurisent sur le museau du dinosaure qui se retire doucement puis monte, monte vers le ciel.

Répétition générale. Je me demande jusqu'où tu vas monter. Quelques jours auparavant je t'ai demandé si tu avais peur de mourir, tu m'as répondu : Non je retrouverai ton père. Toi si croyante, tout est confirmé. Et puis non, tu redescends, c'est trop tôt, tu n'as fait qu'un bout du chemin, le ciel est trop haut sans doute. Embarquée dans l'ambulance, tu disparais dans le lointain.

Le soir, je te retrouve à l'hôpital. 13 de tension, 62 pulsations minute. Un cœur de cycliste. Tu ne te souviens de rien. Je me souviens de tout.

Ce n'était qu'un malaise qui a provoqué une chute qui a provoqué des convulsions. Rien de grave sans doute, rien de grave.

Je te montre les photos de ton ascension. Tu penses que c'est une blague. Que ce n'est pas toi qui brilles ainsi dans le ciel.

— Il faut boire maman. Tu oublies de boire.
— Mais je bois, regarde !
— Oui mais pas assez.
Je te tends le verre.
— Encore, bois encore !
D'un mouvement vif mais naturel, tu te tournes, et dos à moi, d'un petit geste sec tu verses l'eau dans l'évier puis porte le verre vide à ta bouche et fais mine de boire.
J'ai tout vu.
Je souris.

Avant de t'endormir tu ôtes tes appareils auditifs et entres dans ton silence. Seuls tes yeux sont en contact avec le monde. Ils écoutent les miens.
Je me sens un insecte fixé sur un tableau, la petite épingle de ton regard plantée dans mon âme. Papillon, je garde mes couleurs. Ma main sur ton front te, me, nous rassure.

Je glisserais volontiers mes doigts sur tes paupières. La pulpe de mes phalanges profite de cette infinie tendresse pour attraper quelques mots que ma bouche ne sait prononcer, mes pensées inavouables :

Tu m'aimes, c'est bien, c'est une bonne nouvelle, c'est important au début, très important. Mais là, dans cet instant crucial et cruel, avant de plonger dans la nuit, essayons de définir ce qu'est le début. Sans te brusquer bien entendu, est-ce souhaitable que le début dure ?

Tu m'as tellement aimé, en quantité suffisante, tu m'as offert de très bonnes bases, j'ai des réserves, des bocaux d'amour plein ma cave, des cartons plein mon grenier. Désormais tu peux détendre l'élastique, progressivement bien sûr.

Tu n'as pas de chien, de chat ni de poisson rouge. Je ne sais pas ce qu'on dit à un poisson rouge quand on n'a plus que lui. Je vais t'offrir un serin, petit oiseau calme, comme nous en avions enfants, à qui on ouvrait la cage pour qu'il se promène dans la cuisine, certes il chiait partout mais c'était joli, ou une girafe si tu préfères. Tout le monde n'a pas une girafe comme animal de compagnie. Tu l'aimeras comme tu m'aimes.

Déleste-moi, allège-moi de ce tête-à-tête qui laisse peu d'espace à d'autres visages.

D'autres êtres de cœur et de sang attendent derrière la porte, ils n'osent pas sonner. Je dois leur ouvrir. Endors-toi avec ta girafe que tu aimes parce que c'est moi qui te l'ai offerte. Je reviendrai, je reviendrai. Je dois aimer et être aimé ailleurs, un peu plus loin, jamais très loin. Je te ferai signe, ne t'inquiète pas. Ne me regarde pas partir. Endors-toi avec ta girafe. Tu n'as rien à te reprocher, moi non plus. Mettons ensemble quelques gouttes d'eau sur cet amour en fusion.

Tu as fermé les yeux pendant ma logorrhée silencieuse. Je ne sais après quel point, quelle virgule, quelle syllabe, tu t'es endormie. Ta respiration est calme, régulière, tes mains ne tremblent plus. De tes rêves non plus tu ne te souviendras pas.

J'ai quarante ans et huit mois. Ma fille est sur mon dos. Nous marchons sur les quatre chemins, laissons des traces sur le sable. Elle n'a pas un an, collée à moi, cette charge ne pèse rien, cette bosse est ma bosse, mon excroissance.

Elle dort peut-être ou enregistre avec ses grands yeux de nouveaux paysages.

Dans le silence de nos respirations communes je l'oublie à force de marcher. Je lui fais découvrir le grand espace qui brille à marée basse, celui des imaginaires, des solitudes, des pensées secrètes et des confiances. Le no man's land de l'esprit où se rassembler, où se ressembler.

Même si tu dors, là-haut sur ton perchoir, rassurée par la chaleur de mon dos, je sais que tu sauras.

Puis nous remontons la dune, grimpons l'escalier et attrapons la ville.

Elle se rappelle à moi lorsque je trébuche sur une pierre, le nez en l'air comme toujours, curieux de tout.

Elle arrive en direct de l'au-delà. Plongeon sans eau, son front goûte à l'asphalte pour la première fois de sa longue carrière.

Elle marche par mes jambes depuis quelques semaines seulement. Je n'ai pas encore pris l'habitude d'être deux.

Un corps béni tombe du ciel. Le bruit mat de la rencontre inopinée entre le creux et le dur. Un silence injuste, profond et vide. La Terre s'arrête de tourner. La mer n'est plus attirée par la lune. Le ballon rouge resté en suspens.

Alors le cri de l'enfant déchire l'opaque. Elle hurle, hurle la misère du monde, hurle les guerres, les femmes et les enfants d'abord. Le missile s'est écrasé devant mes yeux, ma gosse, ma chair, l'unique et vraie raison de tuer qui lui voudrait du mal. Mais c'est moi l'assassin qui a trébuché sur cette pierre plantée là par je ne sais quel idiot du monde.

Elle va mourir. Elle va mourir si je ne la bouge pas et que j'attends du secours un dimanche à 13 heures quand la foule rit et crie à l'apéro des familles.

Elle va mourir si je la bouge. C'est fragile la colonne. Elle qui a été reçue haut la main à l'épreuve de la mort du nourrisson, que peut-il lui arriver avant longtemps ?

Je choisis la course à pied. J'ai fait celle des garçons de café. Je sais courir sans renverser les verres. Celui-là est un Baccarat.

Une voiture s'arrête. Emmenez-moi à l'hôpital. Vite et bien je vous en supplie ! Brûlez les feux, brûlez les stops, brûlez le temps. Dans mes bras elle saigne du nez, de la bouche et je lui mens comme je respire : Tout va bien, ça va aller ! Elle ne me croit pas. Elle s'endort la précieuse. Mais ne t'endors pas, pas déjà ! Tu as tant de choses à voir, à lire, à écrire, à nager, à vouloir, t'endors pas ! Continue à peupler le monde avec tes grands yeux de chercheur d'or. Continue à vouloir tout ce qui n'est pas à ta portée, à nous consommer le cœur à petites bouchées. Continue mais continue donc à rire pour rien à quatre pattes sur mon bidet quand il proute il fait des pets proot proot proot cadet rousselle a trois jeunes tambours s'en revenant de guerre et ran pa ta plan petit patapon d'Avignon on y chante tous en rond, continue mais continue donc !…

Bougez-vous quoi ! Sauvez-la ! Elle est suspendue à trois fois rien. Branchez les lasers. Mettez les glaçons sur cet œuf de Pâques qui lui pousse au front. Recollez les morceaux avec vos bras magiques.

Mais pourquoi tout est si long ? Pourquoi tout ce temps qui passe ? Pourquoi elle résiste la petite, pourquoi elle succombe pas ?

Maintenir sa tête entre mes mains sous le feu des neutrons. Irradier son crâne sous les larmes et les cris à l'aube de sa petite vie. L'enfant n'est prisonnier de rien, il refuse, multiplie ses forces. Il fuit, échappe, glisse…

— Apparemment il n'y a rien, me dit le médecin.

Comment interpréter cet *apparemment* qui se cogne au réel ?

— Puisque je vous dis qu'elle a failli s'endormir tout à l'heure !

Elle a quelque chose ou elle n'a rien. Elle vit ou elle meurt. Elle ne vit ni ne meurt à moitié. Répondez-moi ! Vous en avez vu d'autres oui bien sûr. Pas moi.

— Un taxi vous attend.

Son petit corps dans mes grands bras.

Ne brûlez ni les feux ni les stops ni le temps qui passe. La route est longue jusque chez nous et sa mère attend.

Oui je suis coupable. C'est moi. C'est ma faute. J'ai trébuché. Je regardais ailleurs. Pourquoi toujours ailleurs ?

Je guette, je protège la nuit. Le coma peut venir par surprise ils ont dit.

Elle ne comprend pas pourquoi je la réveille, bercée qu'elle est par les étoiles et les hippocampes.

« Il faudrait que les sept milliards de personnes sur la Terre plantent deux arbres pour assurer leur survie. »

— C'est ma voix que tu entends.

— Ah bon ?

Sur l'écran de la télévision surgit un documentaire sur les volcans. Nous finissons de dîner. C'est ma voix qui commente en off les images.

Et nous voilà partis, toi et moi, pour la découverte des volcans aux quatre coins du monde liquide et terrestre. Ça rougeoie, ça gicle, ça lave, ça crame et détruit les villages, ça refroidit, ça dure des siècles et des siècles, ça fabrique des îles qui surgissent au milieu de nulle part, ça crée une nouvelle végétation et des révolutions dans la faune et la flore, des transformations du paysage, des peurs que ça recommence, des engloutissements, des morts, des survivants, des larmes.

Es-tu attentive à cette histoire secrète et magique des volcans sur notre planète, ou bien bercée par ma voix derrière les images ?

Contemplation. Les minutes s'écoulent, lave lente mais conquérante. Magnificence et rougeoiement plein écran, écarlate, grenat, vermillon, magenta, pourpre, carmin, des orangés safran, du feu, de l'onctueux de teintes chaudes en torrent qui jaillissent, ravinent, mettront des années à refroidir et accepter la vie à renaître.

Le film est magnifique, un peu long peut-être… Au bout de quatre-vingts minutes je sens que tes paupières te pèsent.

Tu fixes l'écran. Je t'observe décliner vers le sommeil.

— Maman tu ne veux pas aller te coucher ?

J'insiste.

— Maman tu devrais aller te coucher.

— Non, j'attends la fin, je veux voir ton nom.

— À quelle heure est ton train ?

— 11 h 53.

Ton corps mirador au milieu du salon. Tu observes mes faits et gestes. Tu ne veux rien rater, tu étires le temps de ma présence.

— Je t'accompagne à la gare.

Je ne mesure pas encore la vitesse de ta marche. De peur d'être en retard nous partons une demi-heure à l'avance tandis que dix petites minutes suffisent.

Qu'allons-nous faire pendant ces vingt-deux minutes d'attente ?

Nous longeons le quai. Nous nous asseyons sur un banc, mouillé. Seuls quelques oiseaux chantent. Nous regardons le vide en face de nous, et probablement juste derrière.

Le train arrive au loin, freine, s'arrête, débloque les portes. Je monte dans la voiture 3.

Tu es plantée sur le quai en attendant que le train parte, il n'en finit pas. Corps et âme nous attendons que quelque chose se passe, qu'un événement se décide, qu'une porte coulisse, que le train s'ébroue. Condamnés nous sommes, nos yeux dans nos yeux. Que faire à part mine, regarder ailleurs mais où ? Comment échapper à l'étreinte de tes yeux ?

Pars mais pars avant que le train ne parte ! Pars, nous sommes inutiles l'un à l'autre. Je n'ose te le demander.

Dans les lignes de notre histoire je voudrais couper ce moment. Être là mais n'y être déjà plus. Que l'avenir remplace le présent. Même l'amour ne mérite pas ça. N'aurions-nous pas tous les deux autre chose à faire que ce rien ? Corps balbutiants. Corps frontière, l'un sur le quai l'autre sur le marchepied, ce petit espace réputé dangereux par le haut-parleur. Barrière infranchissable.

Qu'est-ce qu'il attend ce train ?

— Tu reviens quand ?

— Je ne sais pas maman.

Tu as envie d'une date, d'une heure dont tu ne te souviendras pas dès que tes yeux auront quitté les miens. Une date, une heure, un horizon.

Le train part enfin, se dégage, me dégage, met de la distance, fait son travail. Tu enregistres la dernière image, qui s'éloigne lentement mais sûrement.

Encore un bout, un morceau, de moi, de l'autre, de ciel, de souffle, de paysage, d'amour, de mots pêle-mêle, de peur, de sourire.

Te tais-tu parce que tu as tout dit ?

Est-ce ton dernier enseignement, que l'on peut vivre avec moins de mots ?

J'écris pour ne pas oublier.

Pour accepter ton silence.

Pour t'aimer mieux.

Le train, un sas, d'ouest en est, d'un terminus à l'autre. Quatre-vingt-dix degrés sur la rose des vents. Trois heures et des images, celles de l'autre côté de la vitre, celles en promenade dans mon crâne et le ronronnement du train.

Je rejoins la femme qui est à mes côtés depuis quelques années déjà.

L'amour est entré sans frapper. Imprévu et joyeux.

Repartir à zéro, en avoir l'impression, avec ce petit poids de méfiance dans mon arrière-cuisine et les réserves qu'il faut pour tenir un siège. Des légumes de saison, du miel, des pâtes, de la farine à pétrir pour le pain quotidien, une bicyclette pour l'indépendance, le plaisir de rouler à l'air libre et pour finir la liste une faculté d'analyse un peu mieux affûtée avec le temps, la capacité à voir venir les pierres d'achoppement pour les esquiver à temps ou construire de nouvelles fondations. Ne pas refaire les mêmes erreurs, l'essentiel étant d'en être convaincu.

Dire les choses avant qu'elles aient trop incubé, éviter de retourner les situations : tu n'es pas moi, je ne suis pas toi, fausse piste.

Et l'humour comme rampe de lancement à arroser tous les matins au réveil.

Nous sommes dans le salon, assis par terre. Nous échangeons, sur elle, sur moi, sur nous, sur le monde en général que nous refaisons à l'endroit et à l'envers, un monde voué à devenir meilleur, ensoleillé par quelques degrés d'alcool et le bonheur indécis de se retrouver, qui demande du temps lui aussi. Le téléphone ne peut compenser nos absences l'un à l'autre. Nous nous offrons maintenant le plaisir de dire, de réinventer la réalité, de donner de la légèreté à ce qui n'en a pas eu. Nous parlons parlons, nous nous racontons, même les détails nous comblent et nous rions, fou-rions même. Le soir tombe, devient tactile. Puis dans un élan improvisatoire et la connerie qui nous caractérise, elle me lance :

— Danse ce que tu es ! sur un ton de professeure.

La consigne est belle, la pratique risque d'être hésitante. Je ne me défile pas :

— D'accord.

Je me lève, me concentre un instant, la prends au mot et tente de me prendre au geste. À peine esquissé que la question revient : au fait qui suis-je, qui suis-je pour danser ce que je suis ?

J'hésite, essaye, balbutie un mouvement, hésite encore, me reprends avec une vague spirale dont j'ai un peu honte. Mon corps bégaie, recommence sans conviction et s'arrête, démuni, impuissant.

Je tente de ne plus penser et d'être, sans détour, sans pudeur, mais sans succès.

Qui suis-je ? Je ne trouve pas de réponse provisoire à cette question définitive. Ne voulant pas en rester là, je reprends et danse non pas ce que je suis mais ce que je pense être. Je danse la représentation que j'ai de moi-même, me regarde danser en dansant. Je danse la danse, ce que je crois être la danse, et c'est pire, maladroit, parodique, imitatif, désordonné, illégitime, c'est la danse des danseurs que j'ai vue ou imaginée. Je ne *sincère* pas, aucun geste vrai, sans protection, me raconte. Aucune forme ne témoigne du fond. Je ne parviens pas à m'oublier et finis par bouger n'importe comment, pour faire, faire mine, et dans ce n'importe quoi peut-être se trouve un peu de moi.

Ma professeure éclate de rire de me voir danser l'impossible. Je ne sais ce qu'est ce rire ni d'où il vient mais qu'importe je m'en contente car faire rire la femme que j'aime est mon ultime réussite.

Je ne sais pas danser seul, je n'ai jamais su.

Je peux en revanche me laisser faire danser. Je me souviens d'un professeur de tango qui m'emmenait là où il voulait. Je ne résistais pas, c'était possible. J'aimais *faire la femme.*

Dans cette hilarité, je prends sa main et l'invite dans le périmètre du salon.

Une musique de hasard inspire nos corps, et pieds nus nous assemblons nos savoirs et autres impulsions pour une danse hybride qui nous ressemble.

Elle m'apprend que la danse n'a pas de sens, ni début ni fin, qu'elle ne raconte que l'instant du corps, ce que nous ne savons pas de nous-mêmes. Elle m'apprend que le mouvement seul suffit.

Elle m'apprend le poids du corps. Trop lourd quand il se laisse aller. Encombrant quand il se raidit. Je la porte, elle me porte. Dans ce fragile équilibre entre contrôle et in-contrôle, notre vie n'est pas un poids mort.

Je la mène, elle me mène, je l'embarque ou me laisse embarquer. Nous nous emportons ainsi de spirale en spirale jusqu'au dernier accord.

Cette bulle, plus légère que l'air, monte vers le ciel, vit sa vie, se craquelle puis explose. Nous soufflons alors une autre bulle qui monte vers le ciel, se craquelle puis explose. Nous soufflons alors…

Avec elle je danse ce que je suis.

— *Le week-end prochain c'est carnaval.*
— *Ah !*
— *Comment tu vas te déguiser ?*
— *En vieille dame !*

Pendant ces périodes passées au côté du silence de ma mère, les meubles se rapprochent et le temps s'épaissit.

Joie de lui faire plaisir, petites flammes d'inattendu, arc de cercle entre ce qui a été et ce qui est.

Un combat se livre, bel héritage et ligne d'arrivée.

Duel dans lequel personne ne gagne.

Le combat fini, les deux judokas se saluent, se courbent en signe de respect, et pensent déjà à la prochaine rencontre.

Pour diluer le poids du match, je traverse la presqu'île, cours sur le chemin, ses quatre kilomètres de sueur, et rejoins la mer ouverte.

Elle apparaît par-dessus la dune. Elle m'attend et m'attire.

Je me dénude et marche vers elle.

Du bout des pieds, je teste. Le froid saisit. Mon ventre se serre, mes épaules résistent et se soumettent, accueillent l'eau salée, ses degrés.

La mer me prend comme je suis.

Seul, dans le secret du petit matin, elle me porte, en planche, en bois flotté, me détache de la terre, trop ferme, largue mes amarres qui me retiennent à l'arbre, me lavent, me sauvent. De tout.

Perdre pied.

C'est maintenant, le seul maintenant où la mort n'est rien de grave, où la joie profonde me récompense de mon petit courage, me remercie de mon désir.

Quelques brasses, encore…

Je sors de la mer. L'air est plus chaud que l'eau. Il m'assèche.

Me rhabille, reprends ma course, me retourne, pas de traces.

Repars.

Ce qui se passera jusqu'à la tombée du soir ne sera que l'excédent d'un jour.

Remerciements

Françoise Lebeau, Jeanne Pham Tran, Raphaëlle Delaunay, Alice d'Andigné et… Jacqueline Gamblin.

Composition et mise en pages
par Facompo Lisieux

Pour plus d'information :

#lisez! engagé

www.lisez.com

Imprimé sur du papier issu de forêts gérées durablement.

CET OUVRAGE
A ÉTÉ ACHEVÉ D'IMPRIMER
SUR ROTO-PAGE
PAR L'IMPRIMERIE FLOCH
À MAYENNE EN DÉCEMBRE 2024

N° d'édition : 68030/01 – N° d'impression : 105935

Imprimé en France